Crônicas do mundo ao revés

Gustav Klimt, "Der Kuss" (1907-1908)

Crônicas do mundo ao revés

Flávio Aguiar

EDITORIAL

Copyright desta edição © Boitempo Editorial, 2011
Copyright © Flávio Aguiar, 2011

Coordenação editorial
Ivana Jinkings

Editora-assistente
Bibiana Leme

Assistência editorial
Gustavo Assano

Preparação
Sandra Regina de Souza

Revisão
Carolina Malta

Capa
Delfin (Studio DelRey)
sobre detalhe de "Der Kuss" ["O beijo"], pintura a óleo com ouro, de Gustav Klimt

Diagramação
Ana Basaglia

Produção
Ana Lotufo

CIP-BRASIL. CATALOGAÇÃO-NA-FONTE
SINDICATO NACIONAL DOS EDITORES DE LIVROS, RJ

A229c

Aguiar, Flávio, 1947-
  Crônicas do mundo ao revés / Flávio Aguiar. - São Paulo : Boitempo, 2011.

  ISBN 978-85-7559-170-3

  1. Ficção brasileira. I. Título.

11-1025.		CDD: 869.93
		CDU: 821.134.3(81)-3
22.02.11	23.02.11	024694

É vedada, nos termos da lei, a reprodução de qualquer
parte deste livro sem a expressa autorização da editora.

Este livro atende às normas do acordo ortográfico em vigor desde janeiro de 2009.

1ª edição: março de 2011

BOITEMPO EDITORIAL
Jinkings Editores Associados Ltda.
Rua Pereira Leite, 373
05442-000 São Paulo SP
Tel./fax: (11) 3875-7250 / 3875-7285
editor@boitempoeditorial.com.br
www.boitempoeditorial.com.br

Sumário

7 **Apresentação**
Quem conta um conto?
Maria Rita Kehl

9 **Advertência**

11 **Tempos difíceis**
13 Os três mandamentos
17 *Morituri te salutant*
25 O jogo
31 A confissão

39 **Palavras difíceis**
41 O ninho
49 O meu beduíno
55 Singular acontecimento
65 Linhas tortas
73 A voz metálica
79 Um espelho no deserto

85 **Causos difíceis**
87 A tinturaria
93 A carteira
97 Tiros para o alto
99 O talho
101 O Fiado

103 **Histórias difíceis**
105 Ai de ti, 64
117 História de família (1)
131 História de família (2)
141 História de família (3)

"A imaginação é a memória que enlouqueceu."

Mário Quintana, *Na volta da esquina.*

Apresentação

QUEM CONTA UM CONTO?

Maria Rita Kehl

Quantas vidas vive um contador de causos? O escritor, essa pessoa feita de carne e de letras, é quase certo que viva uma só. Quanto ao narrador que fala através do trabalho do escritor, este se multiplica. Sua palavra faz reviver vidas alheias. Um elo na corrente das narrativas: assim Walter Benjamin define o modo como o narrador se insere na cadeia de transmissão das experiências por meio das histórias que ouviu e passou adiante. No caso destas *Crônicas do mundo ao revés*, a metáfora da corrente pode ser substituída pela imagem de uma rede. Os causos contados por Flávio Aguiar aliam memória e ficção, de modo a entrelaçar diferentes planos da existência. A vida, a política, a luta e os amores, o passado recente, o passado longínquo, as viagens, as histórias escutadas em circunstâncias improváveis. Acima de tudo, a colorir os causos mais singelos com os matizes do encantamento, está a poderosa imaginação.

A vida desprovida de imaginação não oferece histórias a contar. Sem imaginação não há memória que interesse. Sem ela, os tempos difíceis não encontram as palavras capazes de despertá-los do passado sonolento. Flávio Aguiar sabe disso. O auxílio luxuoso da fantasia possibilitou que o autor contribuísse para salvar do esquecimento histórias da luta armada e dos abusos cometidos pelos militares no país. Nenhuma de suas crônicas, desde os casos inacreditáveis escutados em língua estrangeira até a recuperação documental da árvore genealógica dos Wolf e dos Aguiar, nada do que se lerá aqui prescinde da dose de encantamento que a imaginação acrescenta à vida escrita: essa que deveria ser, se o mundo fosse perfeito, o destino de todas as vidas vividas. Vivemos, como escreveu Genet em seu diário, para acrescentar ao mar de histórias do mundo mais uma lenda, mais uma história difícil, mais um poema, uma canção. Tudo o que se vive merece ser contado.

A divisão deste livro, entre "Tempos difíceis" (memórias dos anos de chumbo), "Palavras difíceis", "Causos difíceis" e "Histórias difíceis", é uma impostura literária, das boas. Não se trata de uma classificação de gêneros; será uma provocação? A arte do autor está em misturar esses registros de modo a capturar a curiosidade do leitor e surpreendê-lo à maneira de Flaubert, que nos ensinou a ler não a fim de saber "o que vai acontecer depois" e sim "por que a história está sendo contada desse jeito".

Acerca desse aspecto, vale uma observação sobre o estilo. Flávio Aguiar é um continuador do modo gaúcho de narrar. O amante da literatura brasileira sabe reconhecer o jeitinho mineiro de contar histórias, o inteligente deboche carioca, a sátira nordestina e até a sobriedade paulista (Mário de Andrade). Mas ainda há muito a dizer a respeito da mistura de bravata e ironia, nostalgia do pago perdido, vaidade e humor negro que caracteriza o "gauchês". Que o leitor o aprecie e aprenda com ele a encarar os aspectos mais difíceis da vida dos pontos de vista mais inesperados.

fevereiro de 2011

ADVERTÊNCIA

Como a nomenclatura das partes deste livro sugere, tudo aqui é muito difícil. E a principal dificuldade é distinguir o que é ficção do que é realidade. Está tudo misturado. Como na vida real. Afinal, não é essa a nossa condição de hoje, bombardeados continuamente por imagens e textos sobre cuja procedência e idoneidade não temos a menor ideia? Desconhecemos no todo ou em parte a maioria das histórias de que somos protagonistas ou figurantes. No entanto, nem por isso deixamos de agir e de fazer escolhas, mesmo que seja a de se omitir, ou de sair de uma história para entrar em outra.

A tópica do *mundo ao revés* designa formas e fórmulas literárias de tradição muito antiga, que expressam aquilo que, em tese, é impossível de existir, mas não impossível de dizer. Por exemplo: "no dia em que as vacas comerem carne". Ou, numa frase que ficou famosa na história brasileira, "é mais fácil ver uma cobra fumar do que o Brasil entrar na Guerra". Pois é, mas o fato é que na Europa as vacas se tornaram carnívoras e isso deu na síndrome da vaca louca; e o Brasil entrou na Segunda Guerra, levando como símbolo uma cobra com um cachimbo na boca.

Uma das condições do *mundo ao revés* é não levar a sério demais quem narra. Assim se deve proceder aqui. Nenhum dos narradores deste livro se pauta pelo ideal do politicamente correto. Eu, o autor, sou responsável por todos eles. Mas isso não quer dizer que seja responsável pelo que pensam ou escrevem. Aqui se exerce, de fato, a liberdade de expressão. Posso não concordar com o que eles dizem, mas defenderei até a morte o direito de dizerem o que quiserem. Aviso que não se deve esperar unidade de estilo. Cada narrativa tem seu próprio estilo, mais ou menos como somos hoje. Mal e mal nossa carteira de identidade consegue presumir que sejamos um ser unívoco. Ademais, como já disse, mesmo em terceira pessoa, cada história tem seu próprio narrador, o que dá a este livro um ar de teatro de variedades.

Em grande parte, essas histórias conduzem apenas à percepção do desconhecido.

Assim, leitora ou leitor, tiveste tua advertência. Daqui por diante, tu vais prosseguir por tua conta e risco.

O autor

Tempos difíceis

Página anterior
Gustav Klimt, "Fischblut" (1898)

OS TRÊS MANDAMENTOS

A E. e a J.

– O que vou dizer pra vocês vai soar estranho, disse o capitão instrutor de tiro.

– Usar uma arma, ele continuou, tem três mandamentos, tão sagrados como os dez de Deus.

A voz dele era grave e rouca. Era grisalho. E ele olhava a gente nos olhos.

– Primeiro mandamento: nunca apontem a arma para ninguém. Parece estranho, não é? Mas é por causa do segundo mandamento: quem apontar é melhor estar a fim de atirar. E aí vem o terceiro: é preciso saber atirar e, se atirar, atirar para matar. Esqueçam aquilo de atirar na mão, no ombro, no braço, na perna. Isso é coisa de filme americano e história em quadrinhos. Deus queira que ninguém aqui precise fazer isso, mas, se vocês atirarem em alguém, atirem para matar. No peito. No meio do peito. Porque senão o outro mata vocês. Nem que seja mais tarde. Por que no meio do peito? Porque o que mata é a porrada da bala, que paralisa o coração. O outro morre de parada cardíaca.

Ele se chamava Capitão Roberto. Estava em fim de carreira. Lutara na Força Expedicionária Brasileira, na Itália. Gostava de conversar, nas pausas do serviço. Ele me contou, e para mais alguns de nós, uma história, a sua história. Foi na Batalha de Castelnuovo. Num bombardeio dos alemães, ele se desgarrou do pelotão. Avistou uma cabana e correu para lá. Abriu a porta e deu de cara com um soldado alemão. Os olhos dele eram azuis, disse o capitão, que atirou primeiro e matou o outro. Depois foi ver: era um jovem, nem dezoito anos devia ter. É provável, disse ele, que a juventude tenha feito o alemão hesitar. Quem sabe? Ele sonhava com isso todas as noites. Acordava suando frio. Noite após noite. Assim começou minha instrução no uso de armas. E eu fui bom aprendiz. O importante não era acertar a mosca, no centro. A gente não estava aprendendo a atirar para concorrer em tiro ao alvo, ou para passar o tempo num parque de diversões. De início, o importante era acertar os tiros que a gente dava de cada vez no mesmo lugar, fosse em cima, embaixo, do lado ou no meio do alvo. Porque isso mostrava a firmeza no tiro, e era a primeira a coisa a aprender. Para atirar, era preciso saber segurar a arma com firmeza e apertar de leve o gatilho, sem puxá-lo com força. E manter o olho na reta entre a alça de mira e o alvo, um pouco abaixo do lugar visado, porque com o soco do disparo a arma levantava um pouco, sempre. Se fosse de pistola, a gente devia apoiar o pulso da mão que segurava a arma no pulso da outra mão. E nada daquilo que os mocinhos faziam no cinema, atirando com a arma na altura da cinta. Aquilo era piada, dizia o capitão. Bom, hoje tudo mudou, com essas armas que apontam a bolinha vermelha do raio laser para o alvo. Mas o princípio da firmeza ficou igual.

O capitão seguiu seu rumo, eu segui o meu. Nos cruzamos no Centro de Preparação de Oficiais da Reserva, o CPOR, de Porto Alegre. Era no começo de 1965. Ele se reformou, foi trabalhar na empresa privada. Eu entrei na universidade. E na política. Política? Na luta armada contra a ditadura, quero dizer. Por que entrei? Ideias? Sim, ideias. Mas eu achava, além das ideias, que quem não ia até o fim era covarde. E ir até o fim era pegar em armas.

Fui para São Paulo, depois o Rio de Janeiro. Participei de ações importantes. Dei apoio ao sequestro de um embaixador para trocá-lo por prisioneiros políticos que eram torturados e podiam ser assassinados. Qual embaixador? Não importa. Não quero entrar em detalhes. Mas os tempos apertaram. E a organização a que eu pertencia começou a se desfazer. Os companheiros começaram a cair, um atrás do outro. Restamos umas poucas células, uns poucos quadros. Numa noite, eu e mais três de minha célula tomamos uma resolução: sair do país. Estávamos isolados, não tínhamos mais contato com o comando, nem com outros companheiros. Depois, talvez, voltar. Mas para sair precisávamos de dinheiro. Imaginamos uma ação ousada. Nada de expropriar um banco. Isso era manjado. Imaginamos o cofre de uma empresa. Naquele tempo, sem computadores e sem dinheiro virtual, o importante era o cofre. Lá estavam os dólares ilegais, não declarados, as verdinhas, a grana preta, como se dizia. E assim foi.

Entrar na empresa foi fácil. Não havia detectores de metal. Ir até a gerência, render o gerente, os seguranças, tudo isso foi rápido. O gerente tremia, mas conseguiu abrir o cofre, e pegamos a grana. Aí, era preciso sair. Isso foi difícil.

Outros seguranças vieram, mais experientes, não treme-tremes como os primeiros. Veio o apoio da polícia. Houve tiroteio. Os outros três companheiros ficaram para trás, perdidos. Depois eu soube que um morreu, e os outros dois foram presos. Passaram o diabo na tortura. Mas sobreviveram. Hoje um é agente do Ibama em Macapá e o outro virou pai de santo na Casa Verde, em São Paulo. Estão bem, parece. Mas nunca mais nos vimos. Nem eles sabem de mim, só eu deles.

Eu embarafustei por uma porta em direção aos fundos, não à frente do prédio, onde a guarda e a polícia bloqueavam o caminho, e consegui chegar até uns muros, atrás. Quando me preparava para subir nuns caixotes e pular, ele apareceu. O Capitão Roberto. Ele trabalhava naquela firma. Depois eu soube que era o chefe da segurança. Os nossos olhos se cruzaram. Num relance, eu atirei primeiro. No meio do peito, como ele me ensinara. O tranco da bala mata o cara. Faz o coração parar. Pulei o muro, me fui, me perdi na cidade, no país, no mundo. Ele morreu.

Tempos depois, um psicólogo que me atendeu explicou que talvez a minha juventude detivera a mão dele. Quem sabe a história que ele tinha vivido na Itália cobrou seu preço? Aquele fulgor de olhar que ele vira nos olhos do outro e que deve ter visto no meu. Vá se saber.

Consegui fugir do país com a grana que levei. Fui primeiro para o Uruguai. Acabei na França. Meu nome verdadeiro nunca apareceu em processo algum, só o falso, de guerra. Os companheiros presos ou seguraram, ou não sabiam mesmo quem eu era de verdade. Mas mudei de nome, consegui papéis. Na Europa, naquele tempo, era mais fácil. Consegui um emprego, casei, tenho família. Minha mulher sabe de toda a história, nossos filhos ainda não. Talvez um dia eu lhes conte tudo, para terminar de desabafar. Por quê? Porque herdei o sonho do capitão. Todas as noites, eu e ele nos vemos diante daquele muro. Eu atiro, ele morre. Mas como um vampiro, ele renasce na noite seguinte. Ou será que sou eu o vampiro?

Estou para me aposentar. Sou – que ironia! – chefe de segurança de uma usina nuclear. Na nossa empresa há uma rotatividade constante. Assim, seguido recebo uma turma de novatos. Aos que usam armas, que ficam nas portas, nas entradas e saídas, às equipes de assalto e aos da manutenção das armas, até aos vigias do circuito de tevê, sempre começo dizendo:

– Usar uma arma tem três mandamentos...

É uma ironia, mas também uma homenagem.

MORITURI TE SALUTANT

A A.

Ali estávamos: Ela e eu. "Ali" era um apartamento na rua Rego Freitas, em São Paulo. Era um aparelho, como a gente dizia na época. Um aparelho era um apartamento usado para abrigar temporária ou permanentemente uma célula de guerrilheiros que lutavam contra a ditadura, aqueles vulgarmente chamados de "terroristas". Casa era mais raro: só em caso de sequestro. Eu era eu: nome de guerra Rodolfo (que os órgãos da repressão chamavam de "codinome"), membro da Vanguarda Revolucionária dos Trabalhadores, a VRT. Eu fora estudante de Economia, agora era militante profissional. Profissional: ganhava o suficiente para sobreviver.

"Ela" era Ela. Esse era o seu nome de guerra. Já ouvira falar vagamente algo sobre Ela, mas de concreto eu nada sabia. Nunca nos víramos antes. Era nossa primeira ação conjunta.

Era noite, já bem tarde. Estávamos no escuro, esperando outros dois companheiros, o Oto e o Diego. No dia seguinte deveríamos expropriar um banco, como a gente dizia. O dinheiro era necessário para aprontar mais um sequestro de diplomata, no Rio de Janeiro, a fim de trocá-lo por companheiros e companheiras, presos e torturados.

Mas os dois tardavam. Já deveriam ter chegado. Se não viessem, ou pelo menos um deles não chegasse, a ação deveria ser abortada, e deveríamos bater em retirada. Era sinal de que um caíra, ou os dois. Todo aquele que caísse preso tinha ordens de aguentar pelo menos 24 horas na tortura, para dar tempo aos outros de fugir, se mudar, destruir o que fosse preciso etc. Mas isso, a gente sabia, era utópico. A maioria dos companheiros não aguentava nem duas ou três horas de tortura antes de começar a "cantar", como diziam os torturadores. Falavam o que sabiam e até o que não sabiam. Os mais duros começavam mentindo, ainda que soubessem que isso pioraria a tortura depois. Mas acontecia. Falta de preparo nosso? Talvez. Mas os métodos da tortura na repressão brasileira eram particularmente cruéis. Penduravam o cara no pau de arara, essa tecnologia "importada" dos tempos da escravidão, e davam-lhe choques elétricos no pênis, no ânus, na vagina das mulheres e pelo corpo afora. E havia outros métodos, que iam das pancadas nas orelhas (o "telefone"), os choques nos dedos com os pés descalços num chão molhado, às simulações de fuzilamento e ao que mais se imagine. Poucos caras aguentaram tudo isso, pelas 24 horas esperadas, ou mais. Muitos morreram. Outros ficaram estropiados, por dentro ou por fora, ou ambos. Não vou julgar ninguém. Nem tenho moral para isso, nem acho que seja o caso.

O apartamento era legal, como aparelho. Ficava no primeiro andar, era de esquina, tinha janelas para ambas as ruas, dava para vigiar os quatro cantos de acesso. Nos fundos, a área de serviço dava para um pequeno pátio interno, onde havia um depósito logo embaixo. Uma porta levava para os fundos de um outro prédio. Aquilo poderia ser uma rota de fuga, pois dava para pular pela sacada até o telhado. Havia risco de se quebrar algo, mas era uma possibilidade.

No escuro, eu pensava nessa geografia do aparelho, vigiando a Rego Freitas pela persiana abaixada, quando Ela, com um psst! abafado, me chamou, junto à outra janela. Fui até lá, e Ela me mostrou: na rua, na calçada em frente, um cara parrudo fumava, encostado na parede de um edifício. Era bem tarde, fazia frio e caía uma garoa. Aquilo era muito estranho, ela me disse, sussurrando.

É, eu concordei. Voltei ao meu posto de observação: na Rego Freitas, em frente e um pouco acima, na direção da Igreja da Consolação, estacionara uma perua C-14. Era o carro preferido pela repressão. Tinha gente dentro, que não descera. O aparelho caiu, pensei. Um deles, ou os dois, Oto e Diego, devem ter caído, e aberto o endereço. Merda. Comuniquei meu temor – minha certeza – a Ela. Ela concordou: devemos sair. E devemos tentar pelos fundos, na frente eles já estão de campana – isso era tão sussurrado que parecia um pensamento. É, eu disse. Vamos.

Vesti a japona, Ela abotoou o impermeável, peguei a sacola com as armas e fomos até a área de serviço. A porta para a sacada ficava sempre aberta quando havia gente, para o movimento não chamar a atenção. Saí na frente, abaixado. Ao levantar a cabeça, o suficiente para ver o pátio, logo notei os dois meganhas saindo pela porta do outro prédio e parando junto à parede. Vestiam essas gabardines de filme policial, mas dava para perceber que estavam armados.

Voltamos para dentro do apartamento, fomos até a sala escura. Caralho, eu disse, estamos cercados. Eles vão arrebentar o aparelho. Abri a sacola, tirei de dentro as duas metralhadoras e as duas pistolas que tínhamos, com os pentes de balas.

Só nos resta resistir, eu disse. Eu era o comandante da ação. É, disse Ela. E emendou: vamos morrer. Estava escuro, muito escuro. Para ver mais claro, a gente precisava ficar muito perto um do outro, quase se tocar. E havia o problema das falas, precisava ser tudo tão baixo que a gente tinha que falar ao pé do ouvido um do outro.

Engatei as armas, dei uma pistola e uma "costureira" para Ela. Voltei para a janela da Rego Freitas. A perua continuava lá, sem se mexer. Fui com Ela até a janela da outra rua. O cara fumava. O que esses putos estão esperando, pensei. Fiz sinal para Ela permanecer onde estava. Andei até a sacada de trás. Os dois caras não estavam no pátio, mas a porta do outro prédio, entreaberta, mostrava que estavam no corredor, talvez por causa da garoazinha que continuava a cair, insossa e gelada. Olhei: a sacada do apartamento vizinho era muito longe, seria impossível passar para lá. E os caras lá embaixo perceberiam.

Voltei para a sala. Quem sabe a gente podia sair para o corredor, subir pelo prédio, buscar um esconderijo, falei junto da orelha dela. Fui até a porta, destampei o olho mágico: com luz, a gente podia ver até o fundo do corredor, onde havia o elevador e a porta para a escada. A imagem era pequena, tudo estava escuro, mas de repente a porta da escada se abriu e um outro cara olhou para dentro, sem se dar por achado, como se estivesse confiante em que ninguém o veria. Depois encostou a porta de novo.

Contei para Ela o que vira. Não tem saída, disse Ela. Eles já estão dentro do edifício. Mas então, disse eu, o que estão esperando? Não sei, respondeu Ela. Só sei que ou vamos morrer ou vamos ser presos e levados para a tortura. Acho que prefiro morrer. Eu também, concordei. Você tem filhos? Ela perguntou de repente. Aquilo destoava das regras da Organização: nada de perguntas, de temas pessoais. A gente sabia que isso era desrespeitado com frequência. Mas essa era a regra. Não, respondi. Tenho irmãos. Minha mãe mora em Caxias do Sul. Não a vejo faz algum tempo. E você? Também não tenho filhos, disse Ela. Você é do Rio, não é? Perguntei. É, Ela disse. Eu conheci pelo sotaque, falei. Naquela situação completamente absurda, percebi no escuro que ela sorrira. Eu não tenho sotaque, ela disse. Vocês é que têm. Ora, ora, eu disse, assim não vale. Vocês cariocas... De repente, Ela colocou os dedos em minha boca. Deu para ouvir, do lado de fora, que uma porta da perua se abrira. Corri até a janela. Um dos caras saiu, atravessou a rua, caminhou devagar, dobrou a esquina. Pela outra janela vimos que ele foi conversar com o cara do cigarro. E só. Ficou por ali, depois voltou para a perua, abriu a porta, entrou, bateu.

É incrível, eu disse, esses caras se comportam como se não tivessem medo de serem vistos! Sussurrando, Ela me disse: estou louca para fumar um cigarro. E você? É contra as regras, eu disse, mas... Ela me cortou: nós vamos morrer, ou virar nabos na tortura. Vem cá, eu disse. Peguei-a pela mão, fomos até a cozinha, logo antes da área. Sentamos no chão, junto da pia, bem embaixo da janela basculante. As armas estavam ao nosso lado.

No armário da pia tinha uma caixa de fósforos. Ela tirou um maço de cigarros da bolsa, pequena e que, naquela réstia de luz que entrava pela janela, dava para ver que era de couro preto, com brocado de seda da mesma cor, com fios de prata. Peguei um cigarro, acendi-o na concha da mão, depois acendi o dela na brasa do meu. Naquilo de acender o cigarro, com o fósforo, e depois brasa contra brasa, reparei que os seus olhos brilhavam, sob as sobrancelhas morenas, curtas, espessas. Ela me olhava nos olhos também. Então, nos recostamos e tiramos longas baforadas. Uma, duas, três. Ela perguntou: você está com medo? Pegue na minha mão, falei. Ela pegou. Está seca, Ela disse, como a minha. Seca demais. Estou com medo sim, eu disse, um puta medo. Eu também, ouvi a frase tremida. Apertei a sua mão, ela apertou a minha. Larguei o cigarro, pus o braço ao redor dos seus ombros, aconcheguei-a. O seu impermeável fez um ruído meio assim: rrr... rrr.. contra minha japona.

Está quente, eu disse, e tirei a japona. Joguei-a no chão, enquanto Ela tirava o impermeável. Pela primeira vez, reparei na blusa vermelha que Ela vestia, com rendas. Ela se aconchegou de novo. Esses caras, Ela disse, por que não vêm? Por que não acabam com tudo isso duma vez? Não sei, eu falei, e para dizer isso minha boca roçou de fato no seu ouvido. Numa fração de segundo, Ela me beijou na boca. Eu respondi o beijo. De repente, nossas bocas estavam úmidas. Ela passou a mão em meus cabelos, na nuca. Eu agarrei seu rosto, puxei-a mais, nos beijamos loucamente.

É contra as regras, eu disse. Nada de sexo, nada de intimidades. A Organização... Nós vamos morrer, ela disse. É, eu disse. Quer ver, continuei. Eu já estive aqui. Fui até o armário embaixo da pia da cozinha, tirei de lá uma garrafa de cachaça, da boa. Isso é ainda mais contra as regras, Ela disse, estamos com armas, vamos ter de entrar em ação para nos defender... Nós vamos morrer, eu disse, tirando a rolha. Tomei um gole no gargalo, enorme. Ofereci, Ela pegou, bebeu também. Afogueados, nos beijamos de novo. *Morituri te salutant,* eu disse. O que é isso? Ela perguntou. Os que vão morrer te saúdam, eu disse. É o que os gladiadores diziam a César, no Coliseu.

Ela botou a mão no meu pescoço, por dentro do colarinho, e nas costas. Em poucos segundos arrancávamos toda a roupa, eu reparei na pequenez dos seus seios na concha das minhas mãos e na curva de suas ancas e nádegas nas mesmas conchas. Não havia cama no apartamento, só uns colchonetes, quase ninguém dormia ali. Fomos para o sofá da sala, de gatinhas, temendo chamar a atenção. E sobre o sofá fizemos amor. Aquilo, *in extremis*, foi um *Te Deum*, um amor sôfrego, em silêncio, em que pequenos suspiros e gemidos sufocados valiam por gritos adoidados, corais desenfreados, o cântico dos cânticos, a música das esferas. Quedamo-nos, arfando, eu sobre ela, até nos separarmos. Foi quando ouvimos um baque. Um golpe seco, uma porta estava sendo arrombada, parecia. Mas não era a nossa. Por debaixo da porta, deu para ver que tinha luz no corredor. Corri ao olho mágico: os caras tinham invadido – sim, invadido, mas o apartamento ao lado, aquele cuja sacada não dava para alcançar. Ainda pelo olho mágico deu para ver a meganhada fazendo a festa. Tiravam coisas de lá: mimeógrafo, máquina de escrever, documentos, papelada. Mas não havia armas, nem ninguém.

Ela também olhou. Era outro aparelho que eles buscavam, Ela disse. E a gente nem suspeitava. Por isso demoraram tanto, eu disse, queriam ver se alguém chegava, para prender.

Fechei o olho mágico. Respiramos fundo. Pela primeira vez, sentimos o frio da noite nos corpos nus. Nus? Sim, de repente, tivemos consciência da nossa nudez no escuro. Ali estávamos, frente a frente, irremediavelmente nus, expulsos do Inferno. Ou do Paraíso? Fomos até a cozinha, nos vestimos tão sofregamente quanto havíamos nos despido.

Mas a situação era grave. A ausência de Diego e Oto mostrava que algo estava errado. Precisávamos sair dali. Mas sair daquele jeito, àquela hora, era loucura, com a meganhada por lá. E certamente deixariam uma campana para ver se alguém chegava no outro aparelho.

Tínhamos de esperar até o amanhecer, arriscando tudo, para sair quando os outros moradores do prédio também começassem a sair. Assim foi. Pelas seis e meia da manhã começou o movimento de entra e sai. Pelas sete e pouco pudemos nos esgueirar separadamente, primeiro eu com a bolsa das armas, depois Ela, em meio ao movimento de empregadas domésticas que chegavam, trabalhadores de escritório que saíam, damas da noite que entravam, donas de casa que iam à padaria. Ao passar pela portaria, vi o porteiro conversando com um dos meganhas. Filho da puta, pensei, foi ele quem dedou o outro aparelho, de que sequer suspeitávamos. Felizmente não suspeitou do nosso, que agora estava queimado.

Ao me perder no meio da multidão, levava ainda nos ouvidos sussurros daquela noite tresloucada. Você tem namorado?, cheguei a perguntar. Isso importa?, Ela me respondeu. Não, eu disse. Também não quero saber, ela me disse. Talvez a gente possa se ver, eu disse, quando tudo isso acabar. Isso tem fim?, Ela perguntou. Não sei, quem sabe? Foi minha última frase, antes que a gente se preparasse para sair.

A vida e a luta continuaram. Soube mais tarde que o Oto, sim, caíra. Fora pego em casa, antes de sair. Outro companheiro o dedara. Já o Diego, vendo que o Oto não aparecia, ainda tentou vir até o aparelho da Rego Freitas, para avisar. Mas percebeu a campana dos meganhas e se mandou sem olhar para trás. Imaginou que o Oto já cantara. Foi o que me disseram. Mas o Oto não cantou. Levou pau e choque elétrico aos montes. Aguentou as 24 horas e mais um tempo. Depois abriu. Mas quando os policiais chegaram ao aparelho, ele estava limpo. Não tinha mais ninguém nem nada lá. Nem a garrafa de cachaça, que eu levara como lembrança.

Com a quantidade de gente que caiu, a VTR se desmantelou. Nem eu nem Ela caímos. Fugi. Vivi durante anos com outro nome no interior de Minas, onde um tio me conseguiu um refúgio, junto a uns chacareiros. Ela sumiu. Mas nos vaivéns, com a Anistia, meu nome apareceu na lista dos anistiados. O dela, que eu lembre, não. Ela evaporara. Oto, hoje, vive na Espanha, é designer. Diego foi baleado ao ser preso. Morreu do ferimento ou na tortura. Não permitiram que a família abrisse o caixão no velório. Não faz muito, exumaram o corpo e fizeram uma autópsia. Comprovaram sinais de tortura. Virou herói.

Consegui um diploma de Economia, fui trabalhar para diferentes órgãos de governo, acabei em Brasília, primeiro assessor de deputado, depois funcionário do Congresso. Tive vários namoros, nunca me casei nem tive companheira por muito tempo. Viajei por ali, por lá, acolá, alhures, de vez em quando procurava por Ela, sem resultado. Dias atrás, atendi ao telefone, em casa, e reconheci a voz: era Ela. Como me achou?, perguntei, com um certo tremor na voz. Na lista telefônica, disse Ela, conheço seu nome, saiu no decreto da Anistia. Ou prefere que eu continue te chamando de Rodolfo? Não, eu disse, me chame pelo meu nome de batismo. O meu nome é Meire, disse Ela. Sabe, estou chegando da Índia. Tenho uma enorme viagem para te contar. Sim, disse eu, eu também tenho uma história, talvez menos interessante, mas uma história. Eu quero conhecer, disse Ela. Procurei por você, eu disse. Você sumiu. O que quer agora, depois de tantos anos? Olhe, Ela respondeu, eu fugi de muita coisa, por muito tempo. Agora chega. Vou te contar. Ficou um nó dentro de mim, que eu preciso desatar. É, eu disse, na minha vida também ficou um nó. Vamos puxar essas pontas, juntos. Houve um silêncio. Eu disse: *morituri...* Não terminei, Ela completou: *...te salutant.*

Marcamos um encontro para hoje, domingo, na Catedral de Brasília, daqui a pouco. Redigi essas notas porque sei o que quero que aconteça, mas não sei o que vai acontecer.

Agora, estou de saída. Finalmente vou conhecer Ela. E talvez Ela me conheça também.

O JOGO

À turma da USP e à de Guaianases

Esta história se passou no bom tempo. O bom tempo era aquele em que os tempos eram ruins, mas as coisas estavam mais ou menos no lugar, longe das confusões de hoje. Hoje já teve tanto nego da esquerda que foi pra lá da direita, que a própria direita entrou em crise de identidade, com a perda da sua retórica e da sua agenda para os ex-revolucionários. Você ainda verá as lideranças dos partidos conservadores entrando no Congresso Nacional, ombro a ombro, gravata com gravata, punhos erguidos, gritando: "empresas unidas jamais serão vencidas!" e "burgueses do mundo, uni-vos; nada tendes a perder senão os vossos impostos!". Mas isso é outra história. Voltemos à do bom tempo.

A questão é que o Cabeçote precisava passar uns recados para o Jacaré. Daí nós marcamos um jogo, numa quadra coberta de futebol de salão, junto de uma igreja lá para as bandas de Guaianases, na periferia da periferia de São Paulo.

O leitor, ou a leitora, deve estar perplexo. Vamos por partes. "Nós" éramos uns quantos ex-militantes ou ex-simpatizantes de ex-organizações de esquerda que tinham sido desmanteladas pelo hoje ex-regime militar. Todos tínhamos passagem por alguma cadeia ou algo semelhante: o Presídio Tiradentes, em São Paulo, os que tinham condenação. Ou então pelo Dops, o Doi-Codi, o Cenimar no Rio ou lugares tão sinistros quanto estes em Porto Alegre, Belo Horizonte, Recife ou alhures. Mas já éramos egressos.

Para nos encontrarmos, jogávamos futebol de salão no fim de semana, numas quadras de cimento na Cidade Universitária. Não havia ainda Centro Esportivo; as quadras de esporte ficavam no antigo Conjunto Residencial (CRUSP) que, por determinação da ditadura, estava desativado e fora ocupado pelos cursos de Letras para evitar que os estudantes voltassem. Nos fins de semana, o lugar ficava ao abandono, e era fácil ir jogar lá. O entorno era descampado, o que permitia à gente ver se algum olheiro importuno se aproximava, o que de fato acontecia de vez em quando. Aí suspendíamos o jogo e íamos embora. Se chegássemos ao fim da tarde, saíamos dali e íamos para o bar Rei das Batidas, na entrada da Cidade Universitária, onde os pontapés na bola davam lugar às libações a Baco e também a algumas bacantes.

O Cabeçote tinha esse apelido por causa de sua mania de entender de carro e de achar que qualquer problema era culpa do cabeçote do motor. Na verdade, seu nome era ********* e seu nome de guerra, na organização a que pertencia, a ***********, era ***********. Mas como ele falava tanto no "cabeçote", todo mundo o conhecia pelo apelido. A tal ponto, ele me contou, que quando foi fichado na prisão puseram na lista de nomes de guerra, em primeiro lugar, "Cabeçote".

O Cabeçote era recém-saído da prisão, depois de uma pena nem muito longa, nem muito curta. Jornalista, conseguira emprego na Empresa *********, como, aliás, tantos na mesma condição. A sua organização tinha tido uns rolos com uma outra, ou melhor, com a tendência ************ de uma outra, a ****************, a que pertencia o Jacaré. O Jacaré, que também já tinha sido preso político, era economista, e tinha conseguido um emprego na ******************, empresa de consultoria muito afamada até hoje. E, quando da saída da prisão, o Cabeçote recebeu a incumbência de sua célula de levar os tais recados para o Jacaré, para que ele os passasse à sua organização.

O Jacaré, por sua vez, costumava jogar futebol de salão com algumas outras pessoas, entre elas membros da sua tendência, naquela quadra de Guaianases. Eu o conhecia bem, éramos amigos, e assim quando sob sete segredos e muitas juras o Cabeçote me falou da sua necessidade, pensei em marcar um jogo entre os dois times. Marquei um encontro com o Jacaré, num bar da avenida Paulista, o **********, entre a ********* e a ***********, e combinamos o jogo. Eu quis acertar que fosse na USP, mas ele resistiu, porque qualquer um poderia aparecer, e insistiu que fosse em Guaianases. Para ele era mais seguro. Ademais, garantiu, tinha uma estratégia infalível para não chamar a atenção. Faríamos uma melhor de três. No primeiro jogo, o nosso time ganharia; no segundo, o deles. Daí, viria a negra, para o desempate. Durante a negra, que chamaria a atenção das demais pessoas na quadra, dada a emoção da partida, ele e o Cabeçote poderiam se retirar discretamente para um canto e conversar o que precisassem, sem dar bandeira. Perfeito. Acabei topando, para dali a dois sábados. Eu precisava de um sábado para explicar o negócio pro meu pessoal, e ele pro dele.

A propósito, esqueci de dizer que o Jacaré tinha esse apelido porque dizia sempre que, embora fosse economista e militasse desde os idos de sessenta e pico, o que ele gostava mesmo era de pegar jacaré na praia. Seu nome verdadeiro era **************, e o nome de guerra na organização, *************. Olhe, quem estiver lendo, me desculpe todo esse negócio de ***********. Mas é que mesmo hoje tenho dúvidas sobre se certas coisas e detalhes devem ser revelados. E permita que eu me apresente: meu nome é *************, meu nome de guerra era ************* e a organização de que eu fora mero simpatizante era a *************. Embora eu fosse um pé de chinelo, nem por isso escapei de ficar hospedado uns dias no Médici Hotel, de tantas estrelas que todos as viam. Isso foi em ****, quando caiu toda a cúpula da *******. Tenho testemunhas: o ******, mais o ***** e o ***** ficaram comigo na cela daquele afamado Hotel, que era como chamávamos o Doi-Codi, em São Paulo.

No sábado seguinte, expliquei a armação para o pessoal. O jogo era o que menos importava. Tínhamos uma missão: garantir que as mensagens chegassem ao seu destino. Seu conteúdo, para nós, também não importava. Éramos soldados no front, a guerra não terminara, nem o sonho, finalizei. Ficaram todos muito compenetrados. E no sábado seguinte lá nos fomos, uns quantos, numa Kombi, para Guaianases. Chegamos às duas e meia. Havia também uma pequena torcida local. Ficamos inibidos: eles tinham camiseta com números, e nós íamos jogar com as nossas camisetas de fim de semana, ou sem camisa, o que dava um tom menor ao time. Saíamos, portanto, com uma certa desvantagem. Mas não fazia mal. O jogo era um pretexto, uma cobertura. Jogaríamos as duas primeiras partidas, já acertadas, coisa que parecia cartolagem, e depois a negra, aí pra valer, pra dar emoção, distrair a torcida, enquanto o Cabeçote e o Jacaré cumpriam com o seu dever, que era o de todos nós.

É, mas havia o Pingo. Quem era o Pingo? Um sujeito baixinho, meio atarracado, forte, todo nervosinho, gritão, que olhava sem parar para todos os lados, tinha o cabelo arrepiado ou espetado, e que, sobretudo, jogava pra cacete. E jogava no time *deles*. O Pingo era terrível, desses que jogam num zás-trás. Quer dizer, no zás ele estava na sua frente e no trás já estava lá adiante, fazendo o gol. Quando terminou o primeiro tempo, do primeiro jogo, aquele que *nós* devíamos ganhar, já estávamos perdendo de quatro a um. Três gols do Pingo.

A coisa ficou tão desconcertante que fui falar com o Jacaré. Ele gaguejou umas explicações mal-ajambradas, que o Pingo tinha chegado na última hora, era do time, ele não tivera tempo de explicar o esquema, nem os outros tinham cara pra isso, sabe, o Pingo não era como os demais, era só um tipógrafo ali da editora mais adiante, era só um trabalhador, não tinha... não tinha "a nossa história, entende...", não dava pra saber como ele reagiria sabendo que o jogo estava arranjado, nem o que pensaria de saber que estava contribuindo para um encontro clandestino entre o Cabeçote e eu... Eu: ele, o Jacaré.

Não sei o que mais me irritou. Se o desconchavo das desculpas ou se um certo risinho de mofa que adivinhei no canto do olho do Jacaré, como se ele na verdade tivesse armado aquilo para, além de receber os recados, tirar sarro da nossa cara. Fiquei me lembrando do que certa vez me contaram: na prisão, um dia o Jacaré dera um falso alarme para as celas de que vinha uma equipe de revista. Depois ele arranjou uma desculpa, dizendo que tinha se enganado; mas quem me contou, o ******, achava que ele tinha feito aquilo de maldade ou gozação, pra rir da pressa dos outros escondendo os poucos trastes clandestinos que tinham: um pacote de cigarro a mais, a aguardente feita de batata, uma revista de mulher nua, uma carta escondida, coisas assim. É verdade que o ******, que me contou essa história, tinha fama de mentiroso, conforme outro dia me garantiu o ******, que ficara comigo na cela naqueles poucos dias de ****, quando caíramos todos. Vá se saber.

Ainda antes de começar o segundo tempo o Cabeçote veio me perguntar o que estava acontecendo, se tudo estava de acordo, que a gente se acalmasse porque o mais importante era garantir os recados *et cetera*. Rosnei que ele deixasse comigo, que eu tomaria conta de tudo. E tomei. O jogo recomeçou, e logo o desgraça do Pingo veio pra cima de mim. Não deu outra: num zás ele fintou na minha frente, no trás ele foi prum lado, e a canela dele mais o joelho e o pé pro outro. Olha, pra fazer o que fiz na casa do adversário precisa ser muito do macho, mas sustentei o estrago. O time deles, inclusive o Jacaré, se vieram pra cima, a torcida chiou do lado da quadra, mas o meu time cerrou fileira com o Cabeçote à frente. Houve um empurra-empurra, enquanto o Pingo se estorcia de dor no chão. Quando ele se pôs de pé, passei a mão naquele cabelo espetado dele, mas falei de jeito que só ele ouvisse: "foi só o começo, se tu te assanhar, vai ter mais".

Ele bem que tentou: logo na jogada seguinte, veio de pé em riste e me acertou o peito. Caí, mas levantei; ele era forte, mas eu era mais alto, e dei um peitaço no nariz dele que o deixou se coçando. E o jogo continuou desse jeito, mas sem o brilho do Pingo, que foi murchando, e acabou sendo substituído. Fomos pra cima: empatamos em cinco a cinco, quando eu percebi a jogada. Já era no finzinho do jogo. O Pingo voltou pra dentro da quadra. Eles tinham-no tirado, só pra nos dar confiança, e agora ele voltava pra dar a decisão, no último minuto.

Não tive dúvida. Era tiro de meta pra eles, e o goleiro passou a bola pro Pingo junto da área. Fui em cima direto, caí em cima dele;

ele foi me dar um drible pra lá, mas eu acertei o joelho dele com um pé e, antes que ele caísse no chão, chutei a bola com o outro pé pra dentro do gol. Até hoje não sei se foi um gol de sem-pulo ou com dois pés. No meu time foi um delírio, mas o Jacaré se veio e me acertou um murro entre a bochecha e o pescoço, embaixo da orelha, que me botou no chão, ao lado do Pingo, mas não antes de ver o Cabeçote acertar uma voadora no peito do Jacaré, que o jogou, mais o goleiro, que estava no caminho, dentro do gol, onde já estava a bola.

O tempo fechou. Foi pau pra todo o lado, porque a pequena torcida virou enorme quando entrou em campo pra ajudar a encher de porrada o nosso time. Íamos levar uma surra em regra, não fosse o Pingo ter o bom-senso de se levantar e gritar no meio da quadra: "Para com essa merda, porra! Senão alguém vai acabar chamando a polícia e fode tudo! Puta que os pariu!"

Não sei por que ele fez isso. Mas valeu. A briga parou. Saímos de fininho, sem falar com ninguém. Entramos na Kombi e chispamos dali. Eu estava ainda zonzo da pancada que levara, quando o Cabeçote comentou comigo: "Merda! Acabei não dando porra de recado nenhum". Mas o ******, ao lado, me abraçou e disse: "Valeu, meu! Que vitória! Ganhamos no jogo, e ganhamos no pau!".

Mas, assim como não há bem que não se acabe, não há mal que sempre dure. Dias depois, o Cabeçote telefonou pro Jacaré, se desculpou, o Jacaré também, marcaram um encontro no bar Riviera, o velho bar da esquerda, na esquina da Paulista com a Consolação, que hoje não existe mais. E ali, sob as vistas de quem quisesse ver, o Cabeçote passou os recados para o Jacaré. Acabaram ficando amigos. Meses depois, encontrei o Pingo no centro da cidade. Fui até ele, me desculpei, ele aceitou, apertamos as mãos.

Já entre mim e o Jacaré não houve jeito. Estragou de vez. Nunca mais nos falamos.

A CONFISSÃO

A F.

Foram aqueles malditos padres do meu colégio. Aqueles jesuítas com seus deveres inquebrantáveis. Entre eles estava o da confissão. Fui parar lá por instância do meu pai. Apesar de ele ser comunista. Ou, quem sabe, por causa disso. Ele dizia que os jesuítas "davam disciplina". Eu queria ir para outro colégio. Mas lá fui.

A confissão começava com um: padre, dai-me a bênção, porque pequei. Ou: eu, pecador, me confesso... Daí vinham os interrogatórios. Alguns eram ciciados. Padre, pequei contra a castidade. Foi sozinho ou acompanhado, meu filho? Quantas vezes? Qual o maior prazer, o da carne ou o de ter pecado? E por aí afora. A gente, naqueles tempos, não via o padre. Ele ficava escondido dentro do confessionário, no escuro, atrás da treliça de madeira.

Peguei nojo de confissão.

Uma amiga minha protestante me disse certa vez: vocês católicos têm muita sorte. Por quê?, perguntei. Vocês têm a confissão. Como assim?, perguntei de novo: eu terminei por detestar a confissão. Aquilo de se ajoelhar no confessionário. Parecia que a gente se arrastava deitado perante um ser superior. É, continuou ela, mas acho que isso deveria aliviar. Nós protestantes não temos isso. Conosco, é direto com Deus. Isso é esmagador, ela disse. Dá uma culpa sem limites, infinita, eterna, como Deus. Pode ser, retruquei, mas com o tempo eu me sentia mais abjeto depois da confissão do que antes, mais culpado. Porque a confissão instalava um sistema de troca. Pequei, às vezes com o orgulho de pecar, a coragem de pecar. Mas aí eu trocava esse sentimento por uma reza de umas quantas Ave-marias ou Padre-nossos. É, disse ela, mas pra gente não tinha troca. Sabe, a religião protestante não tem esses verdadeiros despachantes da católica, que está cheia deles. Esta, aliás, é um mundo de intermediários, a Virgem Maria advogada nossa, esses santos todos que intercedem e a quem se pede alguma coisa e se prometem velas, orações, doações em troca. A gente protestante fica nua perante Deus – quer dizer, ela dizia, perante a gente mesma, nosso ideal de nós. Essa conversa não tinha fim, porque seu centro era uma evocação: na época em que assim conversávamos já não éramos religiosos.

Tudo isso, e muito mais, me vinha à mente numa bela tarde primaveril de domingo, num café, em Roma. Eu estava sentado ali há mais de meia hora, me remoendo na frente de uma taça de vinho branco. Aquilo, o vinho branco, era uma irregularidade, mais uma a confessar. Porque eu me debatia diante da necessidade de confessar algo. Não se tratava mais de confessar algo a um padre. Era uma confissão a fazer para o meu psicanalista. Uma confissão que era ao mesmo tempo uma decisão e um pecado. Um pecado contra as regras da psicanálise, regras que eu aceitara ao topar o desafio de fazer uma análise, não qualquer uma, mas *aquela* análise, com *aquele* psicanalista. E na Roma do Santo Papa. O Vaticano ficava a cinco minutos a pé de onde eu estava. O consultório do psicanalista ficava em frente ao café, do outro lado da rua. Era uma sala de sua própria casa. E eu hesitava, pregado na cadeira, em frente à mesa, diante daquela taça de vinho branco: eu, que nunca bebia antes das sessões. Tomar ou não tomar, ir ou não ir, confessar ou não confessar eram as questões. Ao meu redor, na buliçosa Roma, eu só ouvia um infernal silêncio. Meus ouvidos estavam voltados para dentro. Aliás, tudo em mim estava voltado para dentro: eu só ouvia o tiquetaquear do meu coração e o matraquear das perguntas, como uma metralhadora: tomar ou não tomar, ir ou não ir, confessar ou não confessar.

Uma única vez na vida eu ouvi o matraquear de uma metralhadora. Foi em Montevidéu, durante uma ação. Eu não era da linha de frente na luta armada contra a ditadura. Aliás, contra as ditaduras, porque eu atuava, sobretudo, no Chile, na Argentina e no Uruguai. Em termos de Cone Sul só não atuava no Brasil, porque seria dar muita bandeira: eu fugira do Brasil algum tempo antes, era manjado demais. Até no Paraguai eu andei, embora por muito pouco tempo. Voltando à metralhadora: nós estávamos reunidos numa casa na Cidade Velha. Nós: um dos núcleos uruguaios da Organização de que eu fazia parte. A ideia era tentar uma frente comum de organizações revolucionárias entre o Chile, a Argentina e o Uruguai. O Brasil ficava de fora porque naquela altura quase nenhuma organização clandestina existia mais: fora tudo desmantelado. No Uruguai, pouco havia: uma ou outra célula, mas ainda com ligações entre elas. A Organização era mais forte na Argentina, onde praticamente tinha sua sede. E no Chile havia também remanescentes dos tempos anteriores a Pinochet. A ideia era muito ousada, hoje quase digo maluca. Mas era o que nos movia, naquela altura.

Ainda a metralhadora: na saída da casa, fomos surpreendidos por um carro de polícia. Eles devem ter suspeitado de algo, talvez uns três ou quatro companheiros saindo juntos, alguma falha de segurança desse tipo. Eu saíra antes, sozinho, como costumava fazer. Ouvi tiros de pistola, a matraca da metralhadora e um grito. Alguém fora atingido, ferido ou morto. Seguindo as ordens, continuei sem olhar para trás, com o fôlego suspenso. Embrenhei-me nas ruelas da Cidade Velha, andando rápido, sem correr, como devia. Alguns carros de polícia passaram, sinal de que o confronto continuava.

Consegui fugir, só parei ao chegar ao aparelho onde dormia. Ainda assim, fiquei ali só por alguns instantes, o suficiente para pegar as coisas de que necessitava e rumar para a rodoviária, onde peguei um ônibus. Senti-me culpado pela fuga? Sim e não. Sim, era sempre duro abandonar companheiros à própria sorte. Não, eu, especialmente eu, tinha ordens estritas da Organização para não me envolver em conflitos abertos. Eu tinha uma arma, mas para usar só em último caso. Na verdade, nunca a usei. Apesar de tudo, sempre fica aquele gosto ruim na boca: por que escapei, por que sobrevivi, se tantos não escaparam, se tantos morreram? Até ali, naquele café, diante da taça de vinho, esse tinha sido um dos temas principais da minha análise. Aliás, no fundo, foi um dos temas que paralisaram a minha vida e me levaram a procurar a análise, *aquela* análise, com *aquele* analista.

De volta ao Uruguai: todas as precauções foram inúteis daquela vez. Como de costume, peguei um ônibus para Salto, nas margens do rio Uruguai, de onde eu passaria para Concordia, na Argentina. Esse era um dos meus caminhos habituais. Tinha contra ele o fato de chegar perto demais da fronteira com o Brasil: isso poderia facilitar o meu reconhecimento por algum conterrâneo que por lá passasse. Bom, isso se deu, mas ao contrário, e ajudou a me salvar, acho. Fui preso ao desembarcar do ônibus. De repente, me vi cercado por uns quantos policiais em civil, havia argentinos e uruguaios. Se estavam à minha espera, não sei por que não avisaram os brasileiros também. Presumo que foi por rivalidade, porque em seguida argentinos e uruguaios começaram a me disputar, presa e trunfo de guerra que eu era. Nesse breve jogo de empurra-empurra, houve tempo para que um brasileiro passante, que visitava a região, me reconhecesse. Nossos olhares se cruzaram rápido, eu o reconheci também, mas nada podíamos fazer. Soube depois que, assim que regressou ao Brasil, ele avisou minha família, que começou a denúncia de minha prisão e depois a campanha internacional pela minha libertação.

Sei lá por que, os argentinos ganharam. Me arrastaram para uma camionete, me deitaram no chão, já encapuzado, e me levaram. Até hoje não sei muito bem para onde, inicialmente. Só sei que a viagem foi longa, longa, uma eternidade. E eu já fui levando porrada em cima de porrada. Não me perguntavam nada, nem o nome: só batiam na cabeça, no peito, nas pernas, no sexo, em todo o corpo.

Este foi o resumo do meu tempo de prisão na Argentina: porrada e choque elétrico. De começo, todos os dias. Todos os dias?

Todos os dias. Pelo menos é assim que eu me lembro. Não sei o que era pior: se as porradas e os choques elétricos ou se o ritual que antecedia a sessão. Me traziam da cela, fosse onde fosse (andei por uns três presídios). Me mandavam tirar a roupa. Eu tirava. Se não tirasse, era pior: me arrancavam a roupa, danificavam o tecido, estouravam botões. Eu só recebia outra semanas depois. E os invernos sabem ser frios na Argentina. Aí diziam para eu me deitar em cima de uma mesa. Vinha um médico e me examinava, com estetoscópio e aparelho de pressão. Não dizia nada. Só se afastava. E ali mesmo eu era interrogado e torturado. Se tentasse me defender, era pior ainda. Uma ou outra vez lembro do médico ter feito um sinal, e eles só bateram, não deram choques elétricos, não bateram no peito. Acho que foi isso. Os interrogadores, os que falavam, ficavam detrás da minha cabeça, eu nunca os via. Às vezes eu me lembrava daquela conversa com a minha amiga protestante: deve ser assim a voz de Deus, eu pensava. E eu ali, nu.

Depois vinha outra forma de tortura: a gente voltava para a cela, onde havia mais três, quatro, cinco companheiros talvez, dependendo do lugar. A gente sabia que algum deles poderia ser um "soplón", um dedo-duro. Era outro suplício: em quem confiar. Mas foi por um deles que eu soube, tempos depois, que havia uma campanha no Brasil e na Europa pela minha vida e pela minha libertação.

Eu pensava todo o tempo que ia morrer. Que fariam aquelas coisas: levar para algum descampado, um capão de mato, e terminar com a história. Ou pôr num avião e jogar vivo ou morto em alto-mar. Eu pensava nisso todos os dias, sem parar. Quanto tempo? Uma eternidade. Com o passar do tempo, os interrogatórios e as sessões diminuíram de intensidade. Mas nunca pararam. Eram como aquele pingo d'água na testa do prisioneiro amarrado. Era pra deixar a gente louco. Talvez eu tenha me transformado numa das experiências do almirante Massera, o militar do triunvirato que derrubou Isabelita Perón e que gostava de fazer experimentos – não físicos, como os de Joseph Mengele, mas psicológicos – com os prisioneiros, querendo saber quais poderiam ser "recuperados", quais enlouqueceriam, como narra Miguel Bonassi em *Recuerdos de la muerte*. Acho que eu estava na lista dos candidatos ao "enlouquecimento". Vai ver. Ou não. Vai ver era só um divertimento dos carcereiros. Depois de terem obtido de mim o que pensavam obter, queriam me transformar num sabugo. Vai ver era isso. Ou não. Era mesmo só para se divertirem. De todo modo, a queda da Organização foi tão rápida que logo ficou evidente que eu me tornara um beco sem saída, sem nada mais o que delatar. Não que eu me considerasse inocente.

Mas, mesmo nesses lugares onde o tempo parece eterno, ele passa. E passou-se o tempo. A campanha pela minha libertação se intensificou. Sei que chegou ao Congresso, em Brasília, onde repercutiu. Com a Anistia Internacional e os companheiros exilados, chegou aos Parlamentos da França, da Alemanha, da Itália. Portugal, recém-saído do salazarismo, interessou-se. Até a Espanha, depois da morte de Franco, começou a querer se distanciar das ditaduras latino-americanas e entrou na campanha. Minha família foi inquebrantável nisso. Parece que houve, também, um comunicado secreto da chancelaria brasileira à argentina, sinal de que os tempos da cooperação entre as ditaduras do Cone Sul estavam por terminar.

O fato é que uma eternidade depois da minha prisão – mais precisamente três anos, cinco meses e quatro dias (esse foi o tempo da minha eternidade) – recebi ordens de empacotar o que tivesse. Tinha muito pouco. Mas tinha, sobretudo, o que restara de mim. Fui levado – dessa vez sem capuz – para Buenos Aires, sem saber de nada. Só o fato de viajar sem capuz era um tremendo alívio. Lá, quase sem demora, fui posto num avião e, doze ou treze horas depois, ainda sem nenhuma explicação, desembarquei em Paris, onde, depois de receber um documento da ONU e mais algumas burocracias, me vi em meio aos abraços de amigos, companheiros e de meus pais e irmãos, que foram até lá para me receber. Minha amiga protestante também acabou aparecendo e me ajudou a reconhecer como era o mundo e o corpo de uma mulher.

Aí começou outra tortura. A de ter sobrevivido. Tudo isso que narrei em poucas linhas não me largava, fosse aonde fosse, estivesse com quem estivesse, mais a culpa, a insondável culpa de ter sobrevivido. Volta e meia eu ficava sabendo de algum companheiro ou companheira que tinha morrido, ou que enlouquecera, ou ainda – pior – que tinha trocado de lado, virado algoz de seus ex-correligionários. E isso em todos os países em que eu tinha militado. Troquei de país, em parte por melhor condição de emprego e vida, em parte para ver se fugia dos fantasmas, fui para a Itália, passei a viver em Roma. Foi pior: talvez a sensação da proximidade com o Vaticano tenha me despertado os fantasmas mais antigos. Eu sentia uma vontade inquebrantável – mas que me quebrava a ponto de eu parar de respirar – de entrar numa igreja e me confessar. Ou então morrer. Me matar.

Numa dessas crises, em que eu me trancava no banheiro até que a respiração voltasse ao normal, uma colega de trabalho com quem eu estava saindo sugeriu que eu procurasse um psicanalista. Não qualquer um, mas *aquele* psicanalista. Sabe, disse ela, que era uma chilena exilada, eu sei que ele é especialista em tratar casos como o teu. Ele é especialista em dor, é bastante de esquerda e tratou vários de nós, os exilados das ditaduras latino-americanas. É freudiano, mas não muito ortodoxo. Vai lá.

Demorei, mas ela insistiu, e eu fui. Tivemos uma conversa rascante. Ele não me deu um minuto de folga. Começou, digamos, a me tratar ali naquele ato. Porque eu fui logo dizendo que o que ganhava não daria, com certeza, para pagá-lo. E ele retrucou que queria fazer um trato comigo. Excepcionalmente, ele iria me tratar de graça. Mas que eu era um caso tão grave que de começo teria de ir ao consultório sete dias por semana, inclusive domingo. Todos os dias?, perguntei. Todos os dias, ele respondeu. Eu topei. Confesso que me veio um raio de pensamento à cabeça: dessa vez, não vou continuar andando para o outro lado.

Não sei como descrever. Voltei já no dia seguinte, para a primeira sessão. No começo, parece que foi mais uma tourada do que uma análise. Não sei se era isso mesmo, nunca me analisara antes. Mas eu me sentia assim, como um touro acossado. As crises de falta de ar aumentaram, ao invés de diminuir. Era uma nova eternidade. E, no meio de tudo, fora crescendo uma bola no meu estômago, a bola que me levara até aquele café, até aquele copo de vinho branco. Eu preciso confessar algo a ele, dizia a mim mesmo. E ficava, e não ia. Até que, faltando quinze minutos para o término da sessão, eu emborquei o copo de vinho de uma só vez e fui até lá. Entrei, ele me esperava sentado numa cadeira, detrás da mesa. Olhei o divã, onde, ortodoxamente, eu me deitava para a sessão de análise. E disse: eu tenho uma confissão a fazer. Ele perguntou: o que é? Sabe, o divã, eu disse. Não suporto o divã. Acho que não virei mais. Sabe, era nessa posição, deitado, que eu era torturado. Não quero mais me deitar assim, com a voz ou o silêncio de quem quer que seja nas minhas costas, ao meu redor, fora do alcance dos meus olhos. Eu olho para o nada, eu disse, ou para dentro, não sei.

Eu estava em pé, na frente dele. Ele se levantou e disse: eu também tenho algo a confessar. Esperei com ansiedade esse momento. Porque eu sempre quis analisá-lo assim, de pé, frente a frente, olhos nos olhos. Nunca lhe falei sobre o divã. O senhor é que entrou na primeira sessão e se deitou nele, sem eu dizer nada. Vamos prosseguir? Ainda temos algum tempo.

Aquilo me abalou, me pegou onde eu não esperava. A sensação de falta de ar começou a subir. Pela primeira vez, consegui me controlar, ela recuou. Ficou à espreita, eu sabia, e também sabia que não iria me livrar dela de todo assim de repente. Mas aquela batalha eu ganhei. A primeira. Vamos, eu disse. Ele sentou-se novamente. Mostrou-me a cadeira, em frente à sua, do outro lado da mesa. O senhor não quer se sentar?, perguntou. É mais confortável. Eu sentei, e prosseguimos aquela sessão, depois durante alguns anos, alguns meses, mais alguns dias. Eu e a colega chilena nos casamos, continuamos vivendo em Roma. Hoje, sou professor de relações internacionais na universidade, ela é advogada.

Eu e o terapeuta guardamos uma relação cerimoniosa, mas de amizade. Vemo-nos de vez em quando. Garanto que ele me salvou a vida. Ele diz que fui eu que me salvei. Ficamos assim, parodiando a música que ouvi o Tom Zé cantar: era eu, era ele, era ele, era eu, nós dois nessa demanda, nem ele ganha, nem eu.

Palavras difíceis

Página anterior
Gustav Klimt, esboço de mulher flutuando (1901-1907)

O NINHO

Vou contar de uma lição profunda. Antes de me julgar, vá até o fim.

Sempre me considerei um especialista em mulheres. Em seduzi--las, em conquistá-las, em preservá-las, o que seja. E conhecia fórmulas incríveis. E as mulheres caíam nelas, cediam, uma a uma. Já enfrentara os casos mais difíceis, os considerados impossíveis. Por exemplo, como conquistava a mulher que por azar ou sorte ficara amiga minha? Ora, um método bastante seguro era contar-lhe, já que éramos amigos, algum caso que eu tivera com outra. Nas duas vezes que empreguei o método, elas cederam tanto à curiosidade quanto à inveja – as quais considero uma eterna força feminil desde que Eva descobriu que o Paraíso era uma fonte de conhecimento, além de um mero jardim, de acordo com o texto canônico, ou desde que Lilith descobriu que Adão tinha "outra", segundo uma versão apócrifa, mas nem por isso menos verdadeira.

Eu encontrava uma mulher completamente estranha, mas apetitosa? Observava-a, descobria sua preferência alimentar. Depois, numa conversa aparentemente ao acaso, oferecia-me para fazer um jantar na casa dela. Podia ser a dois, ou mais. Surpreendia-a, seguindo o gosto dela. Nunca me apressava. Sabia esperar o momento certo, não queria ir logo fazendo degustações de corpo na primeira noite. Eu me concentrava de fato no jantar. Sabia fazer muita coisa: carne, peixe, massa, pratos exóticos. Durante a sobremesa, comentava algo sobre café da manhã. Era infalível. Dali a mais um ou dois jantares, a sobremesa era na cama.

Estou falando de conquistas, de seduções. Não dessas coisas pós-modernas, de "ficar", de "beijar", nem mesmo das um pouco mais antigas, de simplesmente "comer". Imagine a deusa que você quer. Depois, chegue para ela e diga: "eu sou um soldado da fortuna". Pronto. Ela cairá por você, desde, é claro, que você saiba dizer o resto, sem começar por algo assim: "minha fortuna é você". Muitas mulheres gostam de lugares-comuns, mas não demasiados.

E os vinhos? Mulheres gostam de vinho, mas faz parte de seu jogo de cena não entender muito deles, ou fingir que não entendem. Eu exercia meus conhecimentos na matéria. Bom, em primeiro lugar, devo dizer que eu sabia muito mais do que com carne vermelha se bebe tinto e com carne branca, branco. E quanto a queijos... Eu era bom nisso.

Para comer aquelas carnes em que eu pensava, me refinei. Sabia qual vinho italiano branco é ótimo para beber com uma sopa de morangos servida com a dulcíssima seiva do bordo canadense, que os anglo-saxões chamam prosaicamente de *maple syrup*. Coisas assim.

Fazia malabarismos com garrafas. Se uma mulher elogiava vinhos franceses, o que é decididamente um lugar-comum, eu puxava da manga do colete um italiano raro. Ou falava dos tintos alemães de Baden, que são ótimos. Pus-me a estudar os vinhos do Terceiro Mundo: da África, da Argentina, do Uruguai, os chilenos. E mais os da Austrália, da Nova Zelândia, do México, da Califórnia. Da Bulgária e por aí afora.

Surpreendi muita mulher servindo um vinho brasileiro da melhor qualidade, como os da safra de 1991. Ou os espumantes nossos, como aperitivo, antes que ficassem famosos. E dava o xeque-mate falando de um vinho de palmeira que tomei na África, considerado afrodisíaco. Lembro que os olhos da moça brilharam quando comentei que ainda tinha um pouco na garrafa que trouxera.

Crianças? Era comigo mesmo. Eu as amo de fato. Não estou falando de fingimentos vulgares. Exercia meu genuíno amor pelos infantes e infantas. Deixava virem a mim os pequeninos, se os houvesse na vida da diva desejada. Isso me dava o ponto para falar da minha infância, das minhas fragilidades. Não pedia colo, jamais! Mostrava-me mais como um lobo solitário e algo ferido, que prefere uivar sozinho e lamber as próprias patas fatigadas a se divertir com gozos de alcateia. Mostrava as fragilidades, sem bancar o fraco. As mulheres detestam os homens fracos. Mas os lobos maltratados pela selva elas os acolhem, lhes dão o regaço para o merecido repouso. E eu repousava até me cansar.

Sobretudo, sabia decidir qual era a presa. Nada vale a pena, se a alma for pequena. Mulheres de olhos baços podem fornecer um prato feito, um *fast food*, nunca um jantar opíparo, nem um vinho capitoso. Mulheres de olhos dispersos recebem o pretendente com um prato comercial e no fim deixam um sarro de estopa na boca. Eu preferia aquelas que olhavam firme, mas sem provocação, aquelas que olhavam nos olhos, que tinham no olhar ao mesmo tempo algo que avança e que recua, como uma onda na praia. Esses olhares são os que guardam os abismos de que sempre necessitei. E o que vou narrar começou com um olhar desses.

Decidi mobilizar todos os meus conhecimentos quando vi a deusa que vi. Era uma deusa? Não só. Era a deusa das deusas. Ela era cheia de lugares-comuns, e incomuns. Os olhos negros brilhavam. Os lábios eram vermelhos e carnudos. Quando ela sorvia o vinho, ficavam gotículas na comissura dos lábios e as faces se punham rosadas. O pescoço era longilíneo, e o colo, generoso. Os seios eram fartos e firmes, e os bicos se punham salientes sob a blusa fina no limiar da transparência. O ventre convidava uma palma para o pouso, enquanto o púbis se deixava esboçar na saia bem-ajustada, mas não aquele justo horrível que deixa fofuras para fora. As costas expunham-se num decote ousado da blusa e a bunda, ah... a bunda parecia uma pera, com as nádegas levemente protuberantes na parte de baixo, fazendo supor que ela teria aquelas duas reentrâncias na altura dos quadris, que se chamam vulgarmente "as covinhas da mulher boa". As coxas eram firmes, as pernas bem torneadas, os pés delicados sugeriam caminhadas silvestres e o encontro de gazelas num descampado.

O que estava longe de ser um lugar-comum era o que ela fazia com tudo aquilo, emoldurada por uma cabeleira negra e lisa, que escorria até as espáduas e me fazia pensar em Iracema, a virgem dos lábios de mel. Mas virgem era o que ela não era. A gente percebia, pelo leve projetar do púbis para a frente, quando ela ria, que ali os prazeres paradisíacos já tinham encontrado abrigo. E, pelo modo com que ela rebolava a bunda e os quadris, ao caminhar, despertando a vontade de saber onde ela comprava os amortecedores daquela máquina, dava pra sacar que os prazeres demoníacos também tinham guarida naquele corpo.

A voz, cristalina e grave, sugeria que meu avião desfraldado navegaria entre doces turbulências naquele céu da boca como em nenhum outro, conhecendo a estratosfera do prazer. E o conteúdo das falas era um convite à inteligência. Ao contrário do que pensa o vulgo, as mulheres burras não dão prazer, só cansam a paciência. Um corpo sem espírito é um planador sem vento: te fará cair num vácuo de prazer, e te fará confundir o gozo com um arfar apenas mais violento do que o de uma corrida. Já uma mulher inteligente te fará conhecer o que é abrir-se em copas exercendo artes exacerbadas pela volúpia do conhecimento mais sutil.

Estávamos em Roma, num encontro universitário sobre literatura brasileira na Europa. Discutíamos a fascinação dos europeus pelo cenário tropical, com todos os seus atributos: suor, corpo, sensualidade, alteridade, essas coisas que fazem o sabor pós-moderno. Ela era brasileira, de Minas, mas vivia na Itália já fazia alguns anos. Estudava Letras, mas trabalhava no ramo de exportações. Morava em Roma, e habitava uma torre construída no século XII e reformada no XVI; como resultado disso, havia quatro lances de escada a subir. A torre pertencia a um aristocrata italiano, que se comprazia em propiciar tal refúgio a estudantes estrangeiros. Chamava-se Neusa, o que me açulava mais o gosto pelo palato, empurrado por aquele "e" fechado, quase gutural.

Ela compareceu ao encontro, chamada pelo temário. Logo se destacou pelas observações agudas e argutas. Chamou também a minha atenção, por essas observações e pelas qualidades que despertaram em mim, literalmente, aquela vontade de saboreá-la. O encontro passou. Fiquei mais uns dias em Roma, pois fazia uma pesquisa pessoal para escrever um livro. Graças às conversas do encontro, consegui encontrá-la depois. Foi num pequeno restaurante, no Trastevere. Fui disposto a mobilizar todo o meu estoque de recursos. Mas quem foi surpreso fui eu. Íamos pela sobremesa, conversávamos aquelas banalidades sobre a falta que o Brasil nos faz, quando ela disse com a voz cheia de timbres:

– Quer ver o meu ninho?

Confesso que enxerguei um tufo de pentelhos cercado por três riscos: dois das virilhas e o das coxas logo abaixo. Ou teria ela pelos crescidos nas axilas? Vidrei. Engasguei com a colherada de musse. Diante do meu súbito silêncio, ela emendou:

– O meu ninho. Sabe, eu trouxe do Brasil um ninho de bem--te-vi. É uma graça. Está lá na minha torre. Você podia vir jantar na minha torre, e eu te mostro o meu ninho.

Aceitei na hora. Pulei o café. Eu já enxergava à frente a quinta--feira que combinamos. Ela cozinhava, fiquei de levar o vinho. E decidi surpreendê-la, como de hábito. Em meio àqueles vinhos italianos todos, decidi levar um mais que especial, caríssimo. Valeu. Estalávamos nosso buquê, eu e o vinho. Fui.

Ela me recebeu com um sorriso que prometia. Acolheu meu vinho com prazer, falou das novas qualidades dos vinhos. Então, pensei, ela conhecia o assunto, veja só. No meio do trinchar a carne que ela tinha preparado, fui em frente, pensando em perguntar, com ar picante, que tipo de corte ela preferia:

– Você...

Ela me cortou:

– Me chama de tu, desse tu gaúcho, que é tão penetrante e melhor do que esse impessoal você que a gente dirige a qualquer um.

Acho que meus olhos devem ter brilhado, porque ela emendou:

– Me chama de tu, tu, meu tu...

Foi um *flash*: quando vi, estávamos no chão, sobre o tapete, arrancando as roupas íntimas antes do primeiro êxtase.

Primeiro êxtase? Aquilo foi uma sessão contínua. Fui na quinta, saí só na segunda pela manhã. Nos poucos dias, houve uma eternidade entre nós.

Fizemos de tudo. Chupamos picolés, desabrochamos botões, lambemos rosas em esplendor, penetramos todos os mistérios um do outro e nos recebemos em todos os recônditos do corpo. Passeamos pelas ruas de Sodoma, e aproveitamos a deixa para dar um pulo até Gomorra. Ela sabia qual fora o segredo de Gomorra! E nos lambuzamos de gomorrias, até nos fartarmos de nossos corpos até as nascentes, os zênites, os poentes e todas as gretas, grotas e grutas das noites sem fim. Ela me serviu vários vinhos. Além dos italianos, franceses e alemães, ela guardava uma reserva de suíços. Buscou um raro. Ao abri-lo, comentou que devíamos bebê-lo num átimo cego e instantâneo. Como um brasileiro, veja só, que me serviu a seguir. Era uma garrafa que trouxera do Brasil, um antigo Vinho Velho do Museu.

– Vinhos muito velhos ou muito novos, disse ela, são como certos homens: devem ser bebidos de uma vez só, logo que abertos, senão revelam um azedume. Homens, homens...

E dormiu.

Na segunda de manhã, eu, que já não cumprira meus compromissos de sexta, me preparei para voltar à pesquisa. Tomamos um café da manhã com um Prosecco, o que, para além do paladar, me reavivou a memória.

– E o ninho?, perguntei.

– Ninho? Que ninho?, ela perguntou.

– Você... quer dizer, tu me falaste de um ninho de bem-te-vi que veio do Brasil...

– Ah, sim. O ninho. É, eu vim com ele do Brasil, mas deu uma espécie de piolho nele, e eu tive de jogar fora...

– Mas então por quê...

Ela sorriu. Deu uma risada. Disse:

– Sabe? É infalível. Sempre que encontro um homem que desejo, falar do ninho o traz aqui. Não tem erro. E gosto de falar logo do ninho, porque quando acontece aquela centelha do tesão prefiro tomar a iniciativa. Senão, eles vêm com aqueles truques insípidos e inodoros, falando de casos que tiveram, de vinhos, procurando exibir alguma falsa fragilidade, repetindo lugares-comuns e vulgaridades, em suma, estragando tudo e minando qualquer possibilidade de criar um clima. Os homens são uma complicação.

– Quer dizer que não tem mais ninho?

– Não. Já teve, mas não tem.

Fiquei com o olhar parado no ar. Ela me disse que tinha sido ótimo, mas que talvez nunca mais nos víssemos. Saí frustrado, com juras de não voltar. Porém, voltei alguns dias depois. Só que não a encontrei mais. Ela se fora, sem deixar endereço. Tempos depois, soube que ela se mudara para a França e que vivia com uma mulher. Aquilo de que eu participara fora um rito de adeus: ela se despedira de um tipo de vida. E eu fora o despedido da despedida. Seu ninho agora era outro.

Não mudei muito meu estilo de vida. Mas não me acho mais o rei da cantada. De vez em quando, sinto saudades do ninho que não vi.

O MEU BEDUÍNO

Minha primeira paixão pelos personagens do deserto nasceu com o filme *Beau Geste*, que assisti no Cine Marabá, numa tarde de domingo, em Porto Alegre, com uns dez anos de idade. O filme conta a história de três irmãos, Beau, Digby e John Geste. São órfãos, adotados por uma simpática Lady, em sua propriedade chamada Brandon Abbas. Lá vivem também Gus, um sobrinho chatíssimo da senhora, e Isobel, uma menina (depois moça) que ela protege, assim como os irmãos Geste. Arruinada pelo marido perdulário, a senhora vê-se na contingência de vender a joia da família, uma safira conhecida pelo nome de Blue Water, que vale 30 mil libras. Para esconder a venda do marido, ela a substitui por uma imitação.

A certa altura o marido exige a pedra, para arranjar mais dinheiro. Beau então rouba a imitação, para poupar a senhora do vexame, e foge para a Legião Estrangeira, na África de ocupação francesa. Os dois outros irmãos, não querendo que Beau (o mais velho, representado por Gary Cooper) se incrimine sozinho, fogem também para a Legião. Seguem-se aventuras extraordinárias, a que comparecem outros protagonistas, como um sargento de péssimo caráter, que no filme chama-se Markoff e quer se apossar da safira.

O centro das aventuras se dá no meio do deserto, num forte chamado Zinderneuf. Ele é atacado pelos tuaregues, que para mim eram o mesmo que beduínos. Só depois compreendi a diferença: aqueles são berberes, estes não. Aqueles têm por solo natural o Saara, estes, o Oriente Médio, embora estejam espalhados também pelo norte africano. Mas, para mim, naquela matinê, como chamávamos as longas sessões de cinema nas tardes de domingo, vinha tudo de cambulhada contra meus heróis ilhados em Zinderneuf. Os soldados da Legião são muito poucos, mas conseguem defender o forte graças a um estratagema ao mesmo tempo engenhoso e diabólico de Markoff. Os soldados mortos no tiroteio, ele os recoloca nas seteiras, enquanto os vivos vão atirando de vários pontos, dando a impressão de que a tropa é inesgotável. Depois de muitas peripécias, em que morrem quase todos os protagonistas, o único sobrevivente, John (o caçula, vivido por Ray Milland), volta à casa para esclarecer o caso da falsa joia, limpar o nome de Beau e realizar seu amor pela linda Isobel, que ficou esperando por ele todo esse tempo.

Além da intriga, o filme impressionava também pelo espetáculo marcial, com desfiles, prestação de continência à bandeira francesa, o toque da Marselhesa em momentos estratégicos. Lançado em 1939, no albor da Segunda Guerra, o filme faz uma defesa desabrida da França, do Ocidente e da ocupação francesa da África. Além de Markoff, que é russo, há um outro personagem truculento, o alemão Schwarz. Na voz de um oficial francês, os nativos da África são gente que precisa de proteção política, que é o que a França dispensa através da Legião. Mas nada dessa dose de colonialismo ameaçava meu fascínio de menino, encantado com aquelas cenas aguerridas.

Anos depois, li o livro de Percival C. Wren que inspirou o filme. Na ocasião, a leitura também me impressionou (andava pelos catorze anos); mas hoje dela quase não me lembro. Ao contrário, as cenas do filme, sempre as trouxe vívidas na memória, embora fosse revê-lo pela primeira vez quando já ia avançado na casa dos quarenta.

Os personagens principais tomaram lugar definitivo na minha galeria de favoritos, a começar por Beau, provavelmente tanto por sua aura romântica quanto pelo fato de meu pai ter uma vaga semelhança de porte, feição e olhar com Gary Cooper, meu herói melancólico predileto. Mas minha atenção fixou-se também nestes dois outros personagens presentes no filme: o deserto, paisagem prenhe de mistério, e os meus tuaregues beduínos, não menos carregados de encantamento. Eram notáveis as cenas deles avançando pelas dunas, a pé ou a cavalo, com suas mantas envolventes, suas longas e antiquadas carabinas, mas de pontaria certeira. Uma passagem prendeu-me a atenção de modo inebriante: ferido, o porta-bandeira caía do cavalo e rolava pelo chão, mas na queda cravava o estandarte na areia, deixando-o de pé. Sem interrupção, outro cavaleiro tomava-o em suas mãos e prosseguia a tresloucada carreira em direção ao forte, de onde vinham os disparos. Aquilo me parecia tão deslumbrante quanto a saudação de Gary Cooper à bandeira francesa, em posição de "apresentar armas", olhando-a firme como quem está pronto a enfrentar o seu destino.

Para mim, não só tuaregues e beduínos eram uma coisa só, palavras que se amalgamavam numa imagem de um povo nômade e heroicamente bravio, como eles e o deserto eram, no fundo, espelhamentos de um mesmo ser. O que seria este ser? Um "algo", uma faculdade que se perdia já na passagem de criança a adolescente, uma capacidade de criar convincentemente seres extraordinários que povoassem não só a noite, os sonhos e as fantasias, mas também os dias, os quintais e as travessuras pela rua, onde eu podia "ser" tanto um beduíno ou tuaregue, quanto um soldado da Legião Estrangeira, assim como podia ser um "mocinho", um "bandido" ou mesmo um "índio". Mas sempre a cavalo, fosse ele um cabo de vassoura ou simplesmente de todo imaginário, tocado e dirigido por rédeas também invisíveis para os infiéis.

Minha paixão teve vários outros alimentos. O livro de Karl May, *Através do deserto*, que alinhou dromedários ao lado dos cavalos. Algumas das aventuras de Tarzan, quando o homem--macaco saía da floresta equatorial e se embrenhava no Saara, às vezes acompanhado por Jad-Bal-Ja, o leão de ouro, seu mais fiel amigo ao lado de Tantor, o elefante. Mais tarde, apossei-me de Lawrence da Arábia e da cena não menos espetacular de sua chegada, semimorto de fome e sede, ao Canal de Suez, quando vê um navio passando entre os cumes dos cômoros de areia. Depois, vieram os tempos de guerra, as batalhas de tanques e aviões entre aliados e as forças do Eixo, em que eu mal conseguia disfarçar, perante meus sentimentos antinazistas, a admiração pelo apelido de von Rommel: Raposa do Deserto. Li também *Terra dos homens*, de Saint-Exupéry, no qual seu avião cai no Saara e ele é socorrido por um tuaregue (ou beduíno?), já no fim da esperança, e nele reconhece seu irmão.

Ainda me veio uma cuidadosa reconstituição da batalha de Alcácer-Quibir, aquela em que desapareceu El-Rei D. Sebastião, com tamanhas consequências para a nossa espera tão brasileira de um salvador da pátria. Outras coisas compareceram: minha vida de professor levou-me à leitura do extraordinário livro de Manoelito de Ornellas, *Gaúchos e beduínos*, quando me descobri culturalmente aparentado com os seres da minha imaginação. Havia as referências eruditas que aproximavam o nome "maragato", designador da facção política gaúcha cuja filiação levou dois antigos ascendentes meus à morte, da "Maragateria", região do vizinho Uruguai e da distante Espanha, esta povoada por berberes cuja origem remontava à estranha cidade de El Maragath, no antigo Egito. Porém o que me fascinou mesmo foi a imagem do final do livro, em que o autor comparava a fixação do gaúcho solitário e indomável na pampa desabrida (assim, no feminino) pela lâmina da sua faca à atitude autocontemplativa do beduíno diante de sua imagem no pequeno lago do oásis, fazendo-os descendentes de um irresistível mito de Narciso.

Apesar de tudo isso e muito mais, nada superou a intensidade daquelas imagens primevas de *Beau Geste*. Para onde eu ia elas iam comigo e me acalentavam: eram um tempo revisitado, sempre que necessitava lembrar de algo em face do esquecimento contínuo a que somos solicitados. De modo que me voltaram, quando cruzei o deserto pela primeira vez. Quero dizer: cruzei pelo ar, porque face a face eu nunca o vi. Mas vi o inesquecível. A mesquita de Casablanca. As serras que D. Sebastião subiu e desceu. O encontro dos titãs: o afro e o atlântico. As rochas em plena areia. As secas marcas d'água no solo, como se fossem ranhuras em folhas. Os oásis, verdes púbis no encontro dos vales. As estradas que saíam de lugar nenhum para nenhum lugar. E a lonjura e o voo, horas e horas; se Deus houvesse, era ali que eu acreditaria nele. Meu destino era Abidjan, no golfo da Guiné. Por lá dei aulas, conheci uma África que eu não imaginava. Cheia de trajes inúmeros e coloridos, cada um de um clã. Aprendi que a Costa do Marfim, onde eu estava, era um espaço de transição entre as areias do Saara e a floresta na região e mais ao sul. Durante os meses de inverno, ao norte, os ventos dominantes traziam as areias do deserto. O Saara está indo para o sul.

No país, há uma presença muçulmana. Vê-se no trato dos corpos. O corpo, para a religião muçulmana, continua sagrado. Na esquina, o mendigo é pobre ou miserável. A roupa pode ser um andrajo. Mas o corpo é limpo. A criança anda só de calção. Mas o rosto nunca é sujo. A cidade carece de saneamento básico. A malária comparece, fruto do deslocamento dos mosquitos provocado pelo desmatamento. Mas não vi sujeirama nas ruas, nem nos arredores.

Professor convidado, fui visitar a capital do país, Yamoussoukro, onde há a única basílica no mundo que é maior do que a de São Pedro, no Vaticano. Na mesma cidade, visitei o centro de convenções, hoje território da Unesco e da ONU. Visitei um anfiteatro de trezentos lugares decorado todo com madeiras do Brasil: imbuia, araucária, mogno, ipê, jacarandá *et cetera*. Vi as palmeiras do país, semelhantes aos buritis do sertão: decapitadas, agonizantes, fornecem um vinho afrodisíaco, que se toma com *escargots* do tamanho de pequenas salsichas, envoltos em dendê.

Em Yamoussoukro fui ao mercado, visitar a profusão de barracas e de panos, com o chofer da universidade, que era meu guia.

Ao descer do carro, eu o vi. Era muito alto, magro, de uma cor avermelhada na pele que só vi depois entre os bororos do Mato Grosso. Mas os bororos estavam bêbados, caindo pelas esquinas. Ele não. Estava ereto em sua pele de cor inusitada, tinha um olhar soberano que dominava a feira e me fixou de imediato. Envolto em véus azuis, de um azul de anil, ele me lembrava de algo entre mares e poemas. O azul se refletia na pele, oferecendo cores cambiantes conforme sua posição face ao sol. Os sapatos pontudos, tradicionais na região, eram brancos, imaculados. Da cintura pendia uma longa cimitarra, envolta na bainha de uma cor escura que não consegui definir, tanto a figura me siderava.

Ouvi minha voz perguntar ao chofer: "É um tuaregue?" – "*C'est un touareg? Un bédouin?*"

A resposta me fixou e devolveu aos tempos de antanho: "*Oui*", me disse o guia, "*c'est un chevalier du désert. Il vient du Haut Niger*" – "Sim, é um cavaleiro do deserto. Ele vem do Alto Níger". Acho que o guia também os cruzava, como eu.

Era meu Beau Geste, meu beduíno, meu tuaregue, que vinha retomar as bandeiras caídas de todos os sonhos e esperanças. Fiquei olhando, bestificado.

Foi então que ele fixou os olhos nos meus e levou a mão ao punho da cimitarra. Fez menção de vir para mim. Lembrei-me do conto de Borges, "El sur", em que um personagem de Buenos Aires vai para além de seus limites urbanos em busca da vida dos antigos "gauchos". Termina envolto num duelo por nada, por um olhar, por ter fixado os olhos em alguém na hora errada ou certa. Se não viveu como um gaúcho, vai morrer como um, e sai para a noite estrelada, disposto a cumprir seu destino.

Eu não estava numa noite estrelada. Estava em pleno dia, num mercado perto do Golfo da Guiné, encarando um beduíno, ou tuaregue, envolto em véus azuis, que caminhava para mim com a mão no punho da cimitarra. "Infringi uma lei do Islã", pensei. "Ou um costume do deserto. Mas, mesmo que tenha de morrer defronte este beduíno, ou tuaregue, não me vou. O povo dirá que eu disse: fico."

Ele chegou bem perto, olhos nos olhos. Tirou a cimitarra da bainha, ergueu-a e mostrou-a, com as duas mãos. Disse: "Quer comprar?" – "*Voulez-vous l'acheter?*"

Em algum lugar do peito ouvi o estalo de um cristal. "É a globalização", confesso que pensei.

SINGULAR ACONTECIMENTO

Tenho muitas preciosidades em meu baú de guardados. De vez em quando solto uma, como as pombas do Raimundo Correia. Aqui está uma delas. Trata-se de uma carta, que me veio do espólio de notório diplomata. O referido era homem sistemático, e guardava seus papéis em pastas numeradas. Numa delas, junto com as notas de suas lembranças pessoais, havia grosso e grande envelope pardo, com o brasão do "Brazil", assim com "z", cousa do tempo do império. Ali, entre muita correspondência ativa e passiva, estava esta carta por ele recebida. O pé do papel, onde constava a assinatura, está rasgado. Também a data, pois, como se sabe, alguns de nossos antigos patrícios a punham junto com seu nome, e não no cabeçalho. Mas acho que dá para ver quem é e do que se trata.

Meu caro José da Costa

Saudações a dona Lúcia e a seu pai, siá Dirce, dona Helena, a Patrícia e a Marcinha, nhá Aparecida, seu Vaz, Juliana, o doutor Faria, nhô Augusto, seu Melo, Eugênio, o bom Couto, o Conselheiro Passos, o Graça, dona Marise, o Barretinho, também o dr. Roberto, o dr. Raposo, mestre Manuel, não se esqueça de cumprimentar seu fleugmático amigo, o João Feliz Filho, e também dom Alfredo, enfim, todo esse grupo de amigos comuns que se fez tão íntimo de mim.

Tomei da pena na verdade para te contar algo extraordinário que me sucedeu lá se vão uns bons vinte anos. Nunca me esqueci da ocorrência, mas sua lembrança agora se tornou quase obsessão. Certa vez, estando a dar voltas em Botafogo, depois do expediente, abordou-me singular indivíduo. Trajava casaca preta à antiga, de lapela larga, e colete cinza. A elegância do corte fazia contraste com o puído da roupa. Era alto, magro, a tez devia ser morena, mas no momento tinha um aspecto de assustadora palidez. A cabeleira era comprida, encimada por um chapéu alto de seda lustrosa, e ladeavam as faces umas longas suíças. As calças eram brancas, e andava com uma bengala enorme, grossa, encastoada de prata no punho. Falou-me com uma voz grave, carregando nos erres e nos eles como fazem os de Espanha. Muito formal, pediu desculpas por estar a me interromper. Explicou que não era da Corte, e queria saber onde ficava uma Casa de Saúde de muito prestígio. O nome da Casa, caro Marcondes, não te direi, mas compreenderás o motivo. Chamemo-la de... "Casa Rosa".

Um ar especial adornava o espírito e a presença desse homem; e me atraiu a curiosidade. Em vez de explicar o trajeto, dispus-me a levá-lo até o destino. Ele aceitou com prazer. Pusemo-nos a andar. Percebi que por vezes seu olhar, quase sempre perscrutador e penetrante, se punha meio turvo, voltado para dentro. Andava com passo solene: parecia um Conselheiro do Imperador rumo a seu afazer.

Quis perguntar de onde vinha e o que fazia na Corte, mas ele não me deu muita oportunidade. Guardando o tom grave, pôs-se a falar do tempo, defendendo ser este assunto da mais alta importância. Tinha um modo curioso de falar, como se exercesse algum império sobre a atmosfera. Declarou ser necessário cair uma forte chuva naquela noite, ou graves sucessos se passariam. Fiquei sem saber a que se referia, posto que de fato choveu.

Depois, discorreu sobre livros e a sua importância para os governos, nacional e das províncias. Admirou-me seu bom senso na matéria, maior do que aquele de muitas das nossas autoridades.

De repente, entrou a comer amendoins, que tirava dos bolsos com pressa e sofreguidão. Perguntei se lhe apeteciam muito aquelas sementes. "Sim", respondeu-me, "com cada uma engulo um pensamento em prosa". O enigmático, o desacerto e ao mesmo tempo a ironia do comentário acresceram meu interesse por aquele esquisito personagem que me aparecera pela frente. Prosseguimos a marcha. Subitamente assumiu um ar sorumbático, e voltou-lhe o turvo ao olhar. Distraí-me com uma caleça de aluguel que passava em alta velocidade. Quando voltei ao nosso convívio, dei-me conta de que meu personagem falava, mas não comigo, nem com ninguém mais que por ali estivesse, pelo menos em carne e osso. Discorria sobre assuntos do Tesouro Nacional com veemência, embora tomado de um certo respeito na voz. Consegui discernir que se dirigia a S. M. o Imperador. Por vezes a parolagem se detinha, como se escutasse o etéreo interlocutor, o que me fez pensar que Sua Majestade, fosse lá de onde fosse, fosse qual Majestade fosse, contestava-o. Retomava a palavra, dando conselhos que me surpreendiam pelo bom senso, coisas de gastar somente o que se arrecada, mas buscar a democracia no crédito, tema então atual graças às aventuras bancárias do sr. Barão de Mauá.

De repente, pediu licença ao Monarca, dizendo que precisava fazer uma consulta. Desandou a falar em francês, e depreendi que se dirigia ao Imperador da França, Napoleão III! Pedia-lhe conselhos sobre a administração do Brasil. Depois de ouvir atentamente, retrucou, num francês carregado de seus erres peculiares, agradecendo os conselhos, mas recomendando ao novo Bonaparte favorecer o estipêndio do mestre-escola, não o deixando ao sabor das aventuras financeiras de seu governo. Confesso que o topete do tipo comoveu-me, pelo atrevimento de oferecer juízos a um notável das cortes de Europa.

Despediu-se com mesuras de corpo e verbo. Voltou a entabular suas conversações com o primeiro Imperador, reproduzindo o que entendera ouvir do francês. Após um curto diálogo, disse um adeus também cheio de formalidades e, de retorno à nossa rua, continuamos a caminhar.

Perguntei-lhe se estava bem, e ele fez que sim, comentando que as caleças de aluguel precisavam ser disciplinadas em sua velocidade, pois punham em risco a segurança dos passantes. Causou-me espanto: demonstrava que, enquanto devaneava, de alguma forma permanecera atento ao nosso passeio.

Observou que as caleças da cidade onde morava agiam assim e que tal despropósito se devia, como na Corte, a revoluções nos costumes. Mais e mais pessoas as chamavam para correr aos negócios e também para se dirigir... a certos encontros secretos, com pessoas do sexo oposto. Isso quando não realizavam os encontros nas próprias caleças, com as cortinas fechadas!

Tudo isso me fez perguntar de onde tirara tal sentido aguçado de observação e tanto bom senso nos seus preceitos. "Ora", disse-me, como se falasse de algo que eu devesse saber, "Jesus Cristo começou a pregar aos doze anos; eu comecei a trabalhar aos dez!" Daí perguntei, cautelosamente, se já conhecia Sua Majestade, o Imperador.

"É claro", respondeu com a maior naturalidade do mundo. "Não só o conheço, como agora mesmo visitei-o, dando-lhe conselhos. Não reparou que era com ele que falava? E que depois também troquei algumas palavras com Sua Majestade Luís Napoleão?"

"Como isso foi possível", falei, "posto que o senhor esteve sempre ao meu lado?" "Ora, os corpos ficam", disse-me, "mas as almas vão aonde querem. Pelo menos uma vez por semana visito Sua Majestade e não raro vejo depois, pelos jornais, que seguiu meus conselhos à risca. Isso, naturalmente, quando o julga conveniente. Também Luís Napoleão segue meus conselhos, mas é mais raro. Imagino que seja difícil para um imperador francês admitir que deva se aconselhar com um professor de província, dos confins do Brasil!"

Vi seu sorriso pela primeira vez. Aquele rosto em geral vagava do grave ao triste e do triste ao absorto. "Com que então", observei, "é professor?". "Já fui mestre-escola", disse-me, com ar taciturno. "E dos bons, digo-lhe, sem falsa modéstia. Eu deveras estudava o que ensinava, ao contrário de muitos. Mas agora não sou mais. Já fui muitas coisas, agora só quero que me deixem cuidar de meus bens e de minhas filhas. Mas como é difícil! Assim que hoje sou um proprietário em dificuldades. Amanhã o que serei? Tipógrafo? Dono de armazém? Escritor afamado? Sabe-se lá. Hoje somos um, amanhã podemos ser outro. O senhor não concorda?"

Eu estava aturdido demais, caro amigo, para concordar ou discordar. Ele era alguém que o vulgo chamaria de "louco". Mas o bom-tom que guardava, a fineza de suas maneiras, o requinte com que se dirigia aos imperadores da sua imaginação, tudo desmentia a ideia de uma loucura qualquer.

Então, passou ele por uma alteração extraordinária. Sua face mudou, entrou a transpirar, com a respiração acelerada. Apertava com força o cabo da bengala. Tremeu tanto que o chapéu quase lhe caiu da cabeça. Eu o olhava surpreso, com medo de que tivesse chegado o pior. Aquela compostura que demonstrara poderia ser apenas a máscara de alguma cousa terrível.

Foi quando notei a razão da mudança: uma dama passava, devo dizer que deveras bela, e ele a olhava com fixidez, com obsessão, pensando sabe-se lá o quê. Ela passou por nós sem nos olhar, soberana como sabem ser as mulheres cônscias da própria beleza. Parecia nem sequer ter notado a agitação do meu companheiro.

Depois que ela se foi, ele se acalmou. Passou a mão pela testa molhada. Ofereci meu lenço, ele agradeceu, tomou-o e secou as faces. Já respirava normalmente. Disse:

"Uma mulher considerada respeitada é a companheira divinizada, ou imagem que deve ser adorada. É criatura do Senhor, toda digna de amor e louvor."

E logo em seguida disse sem mudança no tom de voz:

"Todos devem ter comida! E todos devem ter mulher, ou mulheres! O gozo ou a posse de um objeto não é incompatível com o gozo ou a posse do outro!"

Tentando me ajustar a esse estranho mundo, perguntei se uma frase não contradizia a outra. Mais uma vez ele sorriu, e disse num tom que me trouxe à lembrança o estilo das máximas do Marquês de Maricá:

"Tudo quanto me parece que pode ilustrar, digo!"

"Tudo mesmo?", perguntei, não sem uma ponta de ironia.

"Não só digo", continuou, "como escrevo! Enquanto alguns se entretêm em milhares de divertimentos, eu escrevo milhares de palavras que me vêm à imaginação! É uma espécie de compensação, o senhor entende?"

Disse-lhe que entendia, sim, que às vezes me sucedia o mesmo e que, se não me era dado ter solilóquios com Suas Majestades, pelo meu lado de vez em quando me punha a dialogar... com o futuro!

Disse isso num tom de mofa, brincalhão. Mas ele me levou a sério e, apertando-me o braço com força, declarou:

"Vá escrevendo as verdades que for vendo! Faça como eu!"

Daí, em tom condoreiro, recitou, em plena via pública:

A pena empunho
E com doce canto
Que faça espanto
Ao mundo inteiro
Cantar eu quero:

O meu tinteiro
O meu arreeiro
O meu torneiro
O meu cozinheiro
O meu sapateiro!

De repente se pusera alegre. O tom grave ficara para trás. Saltitava, como se saltimbanco fosse. Fazendo-me uma mesura galhofeira, declamou, estando em algum palco de sua imaginação:

À meia-noite...
Com lápis rombudo escrevo,
Por falta de um canivete!
Mas inda assim me diverte
Borrões que a fazer m'atrevo!

Notei que uma das rimas que me recitara era rica, o que, convenhamos, é mais do que conseguem fazer muitos poetas da nossa terra. Não era, pois, de todo destituído de senso poético em seus versos de pé quebrado.

Anoitecia, e chegávamos... à "Casa Rosa". Tomei-o pelo braço, ajudando-o a descer daquela ribalta do pensamento. Perguntei-lhe então o que viera fazer ali, naquela Casa de Saúde. Disse-me diretamente que tinha de se entender com certas vozes incômodas que ouvia, de manhã, de tarde e de noite. Ali o estavam ajudando.

Mas sentia muita falta de ar fresco. Pela manhã conseguira se vestir e saíra desapercebido, em meio às visitas. Precisava tomar ar, confidenciou-me. Precisara também atender...

"As naturais relações!"

Isto que disse foi quase gritado. Abotoando a casaca, acrescentou: "Primeiro as relações, depois os botões. Pus em ordem gramatical: primeiro ponho em prática as naturais relações; e depois abotoo os botões!"

Tomou-me pelo braço, e disse, ao mesmo tempo em que ia comigo em direção à entrada da clínica:

"Que vejo?! Lindas jovens com lábios de cristal; outros que reluzem como prata; aqueles me parecem ouro; ali uns de brilhante. Mais alguns, duro diamante... bem poucos, grosseiro vidro. Está portanto completa essa assembleia. Bailemos!"

E foi assim, bailando estranho bailado, de mãos dadas, que adentramos o edifício, de onde já acorriam enfermeiros agitados. A eles meu parceiro se entregou sem nenhuma resistência. Mas antes que o levassem para dentro, dirigiu-me a palavra pela última vez:

"Desculpe a impertinência, senhor. Não me apresentei. Meu nome de batismo foi José Joaquim de Campos Leão. Vivo na cidade de Porto Alegre, capital da Província de São Pedro do Rio Grande do Sul, que muitos dizem ser parte do Império do Brasil. Mas o Campos Leão morreu alguns anos atrás, vítima de covarde ataque de ladrões que espancaram muito este pobre corpo, reanimado pela entrada nele de quem ora vos fala, um pecaminoso cônego que viveu por vez primeira no século passado, conhecido pela alcunha de Corpo-Santo. Este nome, escrevo-o com a letra Q, parte de uma reforma ortográfica que pretendo legar à língua pátria!"

Já o levavam pela porta dos internos. Não tive tempo de me apresentar ao amigo que fizera em tão pouco tempo. Fiquei na entrada, até um tempo depois me acorrer o próprio diretor da...

"Casa Rosa". Ao contrário do que seria comum esperar, era bastante jovem. Apresentamo-nos e ele me convidou a seu gabinete. Lá narrei o sucedido em sucintas palavras. Ele agradeceu muito ter trazido o paciente de volta. Explicou que se tratava de caso complicado, não pela doença, que não era rara, nem mesmo grave, mas por envolver aspectos judiciais devido a um processo de interdição movido pela esposa do interno. Havia pareceres a redigir e outros procedimentos da lei. Mas, confiou-me, e agora, José, entenderás por que não declino ainda hoje os nomes do médico e da Casa aqui nesta carta, confiou-me que estava convencido de nada adiantarem esses correntes métodos de internação em casos como aquele. Disse-me indignado: "Imagine o senhor que veio com algemas de sua terra, e queriam manter esse pobre homem no hospício da Praia Vermelha! Foi o próprio doutor Torres Homem que o tirou de lá e mandou-o para cá, a suas expensas, mas desnecessariamente, pois nada aceitei como pagamento. É um caso que me interessa, pelas peculiaridades clínicas. Estou convencido de que o que pode curá-lo é muito mais o acompanhamento em liberdade e a atividade produtiva do que o confinamento forçado. Dizem que padece de monomania. São bobagens! Fica de vez em quando um pouco agitado, tem alucinações, mas nunca agrediu ninguém e mantém diálogos espirituosos comigo e com os enfermeiros. Por isso, decidi fazer uma experiência singular. Fui eu mesmo à sua cela, dei-lhe roupas, dinheiro, e o deixei sair. É claro que o segui discretamente o tempo todo, depois também o senhor, e por isso devo lhe pedir desculpas. Mas o que fez ele, antes de encontrá-lo e, veja só, pedir-lhe que aqui viesse? Passeou, foi ver o mar, tomou profundas golfadas de ar, parecia amar o vento e apreciar o tempo, foi a uma confeitaria, comeu sequilhos, perguntou se havia mate, que, parece-me, é uma esquisita tisana que tomam lá na terra dele. Diante da negativa, não se alterou, pediu chá, e o tomou com uma elegância como não a teria nem mesmo um lorde inglês. Depois foi à porta de um lupanar, onde ficou bastante tempo hesitando se entrava ou não. Falava sozinho, é verdade, mas sem incomodar ninguém. Afinal, entrou; mas saiu logo, nem sei se teve tempo de... o senhor sabe. Foi então que o encontrou, em Botafogo, e, confirmando minhas esperanças, perguntou-lhe como chegar aqui. Garanto que amanhã estará melhor, e assim deverei lhe agradecer por sua involuntária colaboração na alta que logo pretendo dar a ele, o que, espero, o ajudará em seu processo."

Despedimo-nos, e o médico gentilmente ofereceu um carro para me levar até em casa. Embora já fosse começo de noite, agradeci, mas recusei a oferta. Decidi fazer a pé pelo menos parte do caminho, para melhor meditar sobre tão singular acontecimento e as peculiaridades da mente humana, de cujos mistérios, como sabes de sobejo, também padeço.

Nunca relatei esse encontro a ninguém, e se o faço agora nesta carta a ti dirigida é porque a lembrança dele me tem obcecado, como disse lá no começo. É que finalmente tomei da pena para escrever um novo romance. E aquele homem está decididamente me inspirando na criação de meu personagem. Farei dele um mestre-escola, mas um mestre-escola de posses; também o farei vir da província, mas não daquela do sul, por necessidades de enredo. Será um, como direi, aluado. E lhe darei um nome, não o de Corpo-Santo, é claro, mas também esquisito: Rubião.

Como disse, aqui um rasgão interrompe o manuscrito que guardo em meu baú. Deviam se seguir despedidas de praxe e a assinatura, que se perdeu. O referido José, destinatário da carta, guardou-a entre seus papéis e pastas que, depois de passarem por várias mãos, um dia adquiri num sebo.

LINHAS TORTAS

Essa história começa no tempo em que os personagens tinham zigomas salientes, olheiras papudas, perfil aquilino e sobrolho espesso. De vez em quando, um fio de saliva lhes assomava à comissura dos lábios, o que, quase sempre, era sinal de uma vida feita de apetites.

Pois assim era o sueco Balaca, que trabalhava como engenheiro na firma em que meu pai também era empregado.

Meu pai era contador de uma fábrica de celulose, cuja sede ficava no planalto gaúcho, entre os pinheirais que iam desaparecendo. Balaca era o engenheiro chefe, trazido da Suécia. Eram tempos de afirmação industrial do Brasil. Importavam-se tecnologias e engenheiros.

Além de tudo aquilo do primeiro parágrafo, Balaca era retaco, firme como um moirão de pedra, tinha o cabelo escorreito e moreno – o que o fazia decididamente não parecer sueco.

Seu nome era Eric Ballacksson. Seu pai era alemão de nascimento, mas se fora para a Suécia e lá casara com uma descendente de mãe lapã, ou lapônia, originária do Ártico. Quando seu filho nasceu, deu-lhe o nome da família, mais o sufixo "sson". No Brasil, Balacksson virou "Balaca", nome dado antigamente à hoje popular "lona de freio". E se aclimatou: tanto, que sucedeu o que sucedeu.

No dia primeiro de maio, seguindo preceito getuliano, o dr. Oswaldo, dono da fábrica de celulose, organizava grande festa para seus trabalhadores, no planalto. E lá se iam os empregados do escritório de Porto Alegre, onde meu pai trabalhava, comemorar com os demais, naqueles altiplanos. Foi nessas festas que se formou uma sólida amizade entre meu pai e o Balaca. Ainda tenho uma foto deles, numa dessas festas: meu pai já um pouco grisalho, de sobretudo preto, e o Balaca. Ele vestia um paletó de lã, uma capa de montaria aberta na frente, além de um chapéu de aba larga. Poderia estar na dianteira de uma tropa de gado, e a cavalo. A tal ponto se aclimatara.

Dessas festas e viagens de meu pai, que duravam alguns dias, vinham histórias maravilhosas para mim: a do homem que usava um colete de pele de veado que ele mesmo caçara; do veado que atravessara o caminho à noite, quando chegavam à sede da fábrica, da neve que meu pai vira num começo de maio excepcionalmente frio. Mas nada excitou tanto a minha curiosidade quanto a notícia de que Balaca se enamorara, e ia casar.

Com quem? Parece-me, hoje, que fazendo jus à sua descrição primeira, para usar ainda termo daquelas épocas, Balaca tinha o "sangue viciado". Da longínqua mãe herdara o gosto pelo exotismo, e se enamorou de uma cabocla, filha de pai branco e de mãe bugra – como nós chamávamos então os hoje "descendentes dos povos da floresta".

Balaca casou-se, e a trouxe para Porto Alegre, onde montou casa. Vi-a algumas vezes, com olhos embevecidos da criança que olhava para uma personagem de Karl May. Era o contrário do sueco: alta, esguia, morena sim, de cabelo longo que lhe caía bem abaixo dos ombros. Tinha a pele acobreada e o olhar penetrante. Com o passar do tempo, acostumou a trazer os cabelos atados num coque e vestia-se soberanamente, porque o Balaca não poupava para satisfazê-la. Ele contratou professoras que a ensinaram a escrita e a matemática, e em pouco tempo a Jana – pois assim se chamava – era uma flor de salão. Mas guardara algo de sua origem: um olhar meio selvagem, que brilhava ao fitar a gente, parecendo sugar quem via. Mais que feiticeira, era um feitiço, a Jana.

Talvez essa tenha sido a razão do que veio a suceder. Quem sabe? Balaca trabalhava durante a semana nas lonjuras do planalto e, nos fins de semana, baixava para Porto Alegre. Falante, bem-disposto, nada empanturrado pelos milhares de cruzeiros que ganhava, continuou amigo de meu pai, cuja casa simples frequentava. Foi assim que me acostumei com sua visão, e os olhares da Jana. Minha mãe não simpatizava com ela. Mas a suportava, calada, em nome da amizade de meu pai com o Balaca. E foi assim que a Jana conheceu meu tio Geraldo, o do bigodinho fino de pilantra velho.

Geraldo, irmão de meu pai, era oficial do Exército. Era um estroina. Oficial de armas naquele tempo que não tivesse amante não se fazia respeitar no quartel. Pois meu tio exagerava na dose: não tinha uma amante; tinha duas famílias, assim, com filhos e parentelas. Era coisa de que não se falava nada. Meu pai seguramente sabia, como averiguei depois. Tanto sabia que no Natal levava presentes para "as outras crianças", primos que nunca cheguei a conhecer, pois só conheci os do lado oficial.

O capitão, depois coronel da reserva, Geraldo e o Balaca tornaram-se amigos de caçadas, esporte que meu pai pacifista detestava. Perdiam-se pelas encostas da serra nos feriados. Mas o tio Geraldo era dado também a caçar outras espécies. Levado sabe-se lá por que instinto ou por algum Diabo, meu tio resolveu trair as duas famílias com uma amante e logo com quem? Com a Jana, que via seguido na casa de meu pai.

Durante muito tempo conjeturei por que razão, afinal, a Jana aceitara aquela corte por parte do amigo de seu marido. Teria sido uma curiosidade de salão? Uma vingança pelos abandonos frequentes a que o Balaca a condenava durante a semana? Soubera ela de alguma traição por parte dele? Depois desisti de buscar uma razão precisa. Corações são poços sem fundo, como dizia minha mãe, a filosofar.

O fato é que o caso entre meu tio e ela começou num Natal e terminou no outro, quando ele e Balaca duelaram.

Duelaram? Mais ou menos. Na rua em que eles se defrontaram já houvera um episódio famoso, quando conhecido político gaúcho fora desfeiteado por um adversário ofendido. O adversário, raivoso (isso se deu na então chamada rua Nova, hoje General Andrade Neves), tirou a luva e bateu com ela no rosto do outro, em desafio. O político sorriu, e disse: "se estou desafiado, eu escolho as armas, certo?". "Certo", disse o outro. "Então vamos ao Clube dos Caçadores, aqui perto", continuou o político, "e escolhamos cada um cinco mulheres. O que sobreviver ganha o duelo". E assim o caso foi encerrado, entre gargalhadas, sorrisos e mofas desmoralizando o desafiante, que se recolheu com o rabo entre as pernas.

Com meu tio e o Balaca as coisas não foram tão divertidas. Não sei até hoje como o Balaca ficou sabendo que a mulher o traía com o Geraldo. Nem como este ficou sabendo que fora descoberto. A essa altura, o que me lembro é que meu pai, por razão então para mim desconhecida, deixara de convidar o irmão à sua casa e também não ia à dele. Sinal, hoje se pode ver, de que o caso transbordara os limites do segredo.

Ambos, Balaca e Geraldo, viram-se naquela mesma passagem. E se desfeitearam e sacaram das armas. Parece que cada um deu dois tiros. E erraram. Ainda vi a marquise de uma loja com o buraco da bala de um deles. Foi um milagre, porque meu tio era bom atirador, e Balaca também, graças às caçadas na serra. Não deram mais tiros porque logo os cercou uma patrulha do Exército, enviada pelo comandante da guarnição, que soubera do caso e mandara a tropa, pois parece que meu tio anunciara no quartel o duelo iminente.

O oficial da patrulha desarmou-os e prendeu o Balaca. Não prendeu meu tio porque era de patente inferior, mas forçou-o a se afastar. O comandante foi compreensivo: tratava-se de um duelo de honra, de parte a parte. Mandou soltar o Balaca, com a condição de que se fosse dali. E deixou meu tio de prontidão no quartel até que o Balaca se fosse, o que durou várias semanas. No dia seguinte ao duelo, os jornais noticiaram que houvera uma tentativa de assalto por ali, desfeita pela intervenção de um oficial do Exército e de um bravo paisano. Quem sabia da história ria à socapa, mas, de todo modo, as aparências foram salvas, e na época era o que mais importava. O caso foi abafado.

Balaca separou-se da Jana e voltou para a Suécia. Ela a ninguém mais se ligou. O caso assumiu um ar mais complicado. O tio, embora não a visse mais (pelo menos parece), lhe mandava dinheiro. Por intermédio de quem? De meu pai, que com ele foi se reconciliando: afinal, eram irmãos. Sei que meu pai fazia visitas regulares à Jana. Desconfio que ele acrescentava algumas somas às que o tio enviava. Cada vez que meu pai visitava a ex-mulher do amigo e ex-amante do irmão, minha mãe se amuava.

O tio continuou com as duas famílias, até que morreu, de um câncer fulminante. Meu pai se reconciliara de todo com ele, assim que pode assisti-lo até o fim e cuidar de tudo, dos funerais à complicada partilha de bens (quando a duplicidade familiar veio à tona), organizando até a visita alternada das duas famílias na capela onde o velório se realizou. Mas claro: a Jana, ali, não foi autorizada a comparecer. Ficou de fora de tudo, até da herança, é claro.

Passou o tempo que, como se diz, tudo remedia. Meses depois, nova perplexidade tomou conta da família: num certo inverno, o Balaca, imaginem, estava de volta, e para se reconciliar com a Jana! Não só isso. Levou-a – a sortuda, diziam os parentes de meu pai, sobretudo as parentas – para viver com ele na Europa! Em Berlim, onde agora trabalhava. "Aquela bugra!", diziam umas tias minhas, por parte de pai ou mãe, furiosas e despeitadas. Minha mãe, essa não dizia nada. Dizia apenas que de vez em quando rezava pela salvação de todos.

Em vão interroguei meu pai, até sua morte, sobre o que acontecera para tal e inusitada reconciliação. Vagamente, ele me respondia: "vá se saber o que se passa pela cabeça desses estrangeiros". Não desgostava do Balaca, via-se; mas era claro que a atitude do alemão-sueco afrontara algo nele. Algum princípio de honra que meu pai tinha incutido? Algo mais? De todo modo, seu silêncio me deu, desde sempre, a impressão de que ali havia algum segredo.

Aquilo ficou como um mistério da minha passagem da infância para a adolescência, depois à maturidade, até que um dia, em minha primeira visita a Berlim, como professor, deparei com o Balaca. Na verdade foi ele que me reconheceu, pela semelhança com meu pai. Encontramo-nos na rua, perto da Gedächtnis-Kirche, aquela em ruínas, que os berlinenses chamam de "Dente Cariado". Eu demorei a reconhecê-lo, pois estava velhinho, de cabelos esbranquiçados, pele engelhada, quase oculto debaixo de um sobretudo muito grande.

Ele me fez muita festa e entristeceu quando contei que meu pai morrera, não fazia muito. Perguntei-lhe pela Jana, e ele me contou que ela também falecera, algum tempo antes. Uma sombra de lágrima inundou-lhe os olhos, o que me fez compreender o quanto, de fato, ele a amara. Não contive a curiosidade e perguntei-lhe o que, afinal, se passara.

Ele olhou para a parede do café como se olhasse para uma distante campina de horizonte vasto e desimpedido. E me disse: "eu vou te mostrar". "Sempre carrego isso comigo", ajuntou. E, remexendo nos bolsos internos do paletó algo surrado, o que mostrava uma certa carência, tirou um envelope e de dentro dele uma carta. Abriu-a e disse: "leia".

Porto Alegre, 18 de abril de 1963.

Prezado Ballacksson:

Permita-me tratá-lo assim. Não sei como está, nem sei se esta vai encontrá-lo no endereço que tenho, mas rezo para que isso aconteça. Se me arrisco a escrever-lhe, é porque motivo de força maior assim me obriga. A razão para tanto é que estou acometido de mal terrível, que em pouco, sei, me levará a prestar contas perante o Senhor pela vida leviana que passei. Não importa o que vai me acontecer, nesta ou na outra vida. O que importa para mim, neste momento, é dizer-lhe que tenho uma certeza: foi Deus, na Sua infinita Sabedoria, que impediu que nos matássemos naquele malfadado dia em que nos tiroteamos. Sei o mal que lhe fiz; foi desgraça que amássemos a mesma mulher. Mas agora que me preparo para partir deste mundo, fico tranquilo quanto ao destino de minhas duas famílias, pois a pecúnia que deixo a ambas será suficiente para assegurar-lhes a paz que meu nome não lhes trará. Mas preocupo-me com Jana, pois ela ninguém terá no mundo para protegê-la. Os parentes de Cima-Serra não existem mais; e neste mundo hostil de orgulhos e preconceitos, ela só padecerá os horrores da rejeição. Rogo-lhe, pois, que aceite meu humilde pedido de perdão e que, em nome da amizade que uma vez nos uniu e que eu despedacei, com ela se reconcilie, pois outra esperança não tenho para dar-lhe lume e lar, o lar que eu desfiz. Ademais, sei que ela nunca deixou de amá-lo e, se pecou, foi por minha culpa, minha máxima culpa. Se puder assim proceder, ficar-lhe-ei imensamente grato por toda a eternidade, onde me couber cumpri-la.

Seu, obrigado,

Coronel Geraldo Lobo.

Fiquei estarrecido pelo teor e – devo dizer – pela grandeza da carta. E, mais ainda, pela grandeza do gesto de Balaca, aceitando o destino que o rival lhe rogara.

"Era o pedido de um moribundo", disse-me Balaca à guisa de uma explicação que eu não pedira. "E eu gostava dela. Ela foi o grande amor da minha vida. Fui buscar a Jana. Ela relutou, mas aceitou a reconciliação. Vivemos felizes aqui com o nosso segredo, pois nessa Alemanha sempre em reconstrução e de famílias também sempre em reconstrução, quem iria se importar com um passado tão distante no espaço como o nosso? Mandamos rezar uma missa pela alma do Geraldo e assim nos despedimos dele. Tivemos um futuro só nosso". Ele calou-se. Depois emendou: "eu tinha uma ponta de orgulho egoísta nisso. Afinal, era como se no fim eu tivesse vencido aquele duelo".

Tomamos mais um café. Ele ainda me disse: "Você é um escritor, acaba de me dizer isso. Se lhe mostrei essa carta e lhe contei essa história, é para que seja compreensivo em relação a seus personagens e aos seres humanos que eles representam. Leve a carta, é um testamento valioso de seu tio".

Perguntei-lhe se meu pai e minha mãe sabiam de tudo. Ele me garantiu que sim. Que meu pai ficara escandalizado: como podia ele aceitar de novo a mulher que o traíra? Mas que minha mãe o tinha aconselhado a insistir na reconciliação. Disse-me que ela chamou a Jana e conversou com ela. Fora quem a convencera.

Até hoje eu me pergunto por que minha mãe fez isso. Seria uma forma de piedade? Uma garantia de afastar para longe aquela mulher de quem ela não gostava? Ciúmes por causa de meu pai? Tudo isso e mais alguma coisa? Um dia lhe perguntei. Ela se limitou a dizer: "Deus escreve certo por linhas tortas". E nunca mais tocou no assunto.

Naquela tarde em Berlim, eu e o Balaca despedimo-nos afetuosamente, jurando nos ver de novo.

Não deu tempo. Semanas depois, soube que ele morrera solitariamente, como vivera na viuvez, no apartamento em que morava. Fui ao enterro de suas cinzas, dali a um mês. Fiquei à distância do pequeno grupo que se reunira em torno das sepulturas – porque as cinzas da Jana jaziam ao lado, com seus mistérios.

Depois que todos se foram, aproximei-me e, por entre as flores ali depostas, deixei a carta de meu tio, como uma oferenda à amizade, que segue caminhos tão estranhos quanto os do amor.

A VOZ METÁLICA

Tudo começou com o cerúmen, secreção no ouvido externo, que bloqueia a audição.

Foi assim: estávamos, eu e minha mulher, na ilha grega de Corfu. O mar jônico entrou pelo meu ouvido esquerdo adentro, e fiquei meio surdo com a cera que ele deu em resposta. Um bloqueio. O mar deixou de soar.

Do mar fomos para um snack bar, o Tasos, defronte à praia. Entramos, sentamos. Com o ouvido tapado, eu tinha dificuldade para perceber o entorno. Mas notei que às nossas costas uma conversa se passava.

Na entrada, eu vira o grupo na mesa: três pessoas de óculos escuros. Uma mulher, assim de meia-idade, enxuta, morena, que eu já vira na praia. De maiô inteiro. Um homem, mais moço do que ela, de shorts e camisa, também moreno, de cabelos longos. E um rapazote loiro, entre treze e quinze anos, óculos marrons, que, de costas, parecia mais menino do que moço.

O que começou a me chamar a atenção foi a voz da mulher. Era estridente, insistente. Eu, meio surdo, não conseguia distinguir as palavras. Era alemão, isso eu sabia. E praticamente só ela falava.

Minha mulher me disse: ela usa um dialeto muito carregado do sul da Alemanha, Baviera, e fala coisas muito estranhas.

Como assim, estranhas?

Está falando mal de uma pessoa, de uma mulher. Falando muito mal. Parece uma fofoca sem-fim.

Ela está dizendo, comentou minha esposa, que essa outra mulher continua sendo uma prostituta. Coisa que ela, a mulher que ali está falando, já foi.

O quê?, eu disse: falando isso pra esse rapazote de treze ou quinze anos?

Sim, disse minha mulher para meu ouvido bom. E ele parece muito interessado.

Estávamos de costas para o grupo na mesa atrás de nós. Virei para confirmar: a mulher, óculos enormes, voz estridente, falando sem parar. O menino, loiro, tomando uma soda. O homem, de óculos mais escuros do que os outros, sem dizer palavra. Fui escutando – as vozes e a tradução da minha mulher, ao pé do meu ouvido bom.

Ela, a mulher, tinha sido prostituta. Ao contrário da Micaela. Esta continua. Eu – ela – não. Me casei, saí do *métier*, tenho marido e filho hoje. Mas vivi disso muitos anos, e com teu tio.

Daí, ouvi pela primeira vez a voz do menino loiro. Parecia adocicada, uma voz de flauta, dizendo: ele é meu tio, eu quero saber tudo. Pedia.

A mulher prosseguiu, com sua voz metálica, que me lembrava alumínio: seu tio é um cafetão. Não o julgue. Há cafetões e cafetões. Ele protege a família. Por exemplo, você.

O menino disse: é, ele me envia dois mil euros por mês.

E ela emendou, com sua voz mais estridente: e pra sua mãe ele manda outros quatro. Ele é bom. Tem outros. A Micaela continua trabalhando pra eles. São ruins. Não sei por que ou por quem ela faz isso. Vai ver está no sangue.

A essa altura me perguntei se essa Micaela não seria a tal da mãe dele.

Pois é, disse ela. Hoje na Alemanha muita gente trabalha com as máfias russas. Ou para elas. São das piores. Querem que nós mulheres façamos o pior pra eles e seus fregueses. Coisas de algemas, espancamentos com cintos, até crucificações na cama.

Como assim, ele perguntou, cruzes na cama?

Claro, disse ela, não há pregos. Mas há diversas maneiras de torturar uma mulher na cama. Quer saber?

Quero, ouvi, e foi o que a minha mulher traduziu, confirmando. Eu quero saber tudo. Afinal, ele é meu tio. A voz agora mudara um pouco, ficou mais firme.

Aquilo que parecia ser uma conversa de fofoca se traduzia numa espécie de iniciação. Seria? Aquele homem, o adulto, levara o menino até ali para que ele ouvisse uma história. Pelo visto a sua história, a da sua família. Quem sabe, pensei, tratava-se de salvar o menino. Romper o fio de um destino.

De repente aquela mulher adquirira uma certa grandeza.

Ela agora está falando de Frankfurt, alertou a minha esposa. Veja só.

E ela dizia que Frankfurt era a terra da grana, dos grandes bancos, das finanças. Natural que o centro da prostituição tivesse se deslocado para lá. Três milhões, ela disse. O quê?, perguntei à minha esposa. Ela disse que três milhões de pessoas entram em Frankfurt e saem de lá todos os dias. Há que arregimentar muitas mulheres para atender esse entra e sai.

Achei o número exagerado. Mas vá se saber. De repente, aquela mulher, que eu pensara ser uma fofoqueira detestável, parecia saber de muita coisa, mais do que muita gente.

A conversa enveredou por drogas. A mulher começou a explicar pro rapaz que ela era viciada em cocaína.

Como assim?, ele, agora, praticamente impunha que ela se explicasse.

Ora, com uma colherinha, canudinho, o pó na mesa, etc. Uma das competências que um cafetão – como o seu tio – deve ter é providenciar drogas para suas mulheres. Aumenta a dependência delas. Eu larguei a prostituição, ao contrário da Micaela. Mas não consegui largar a droga. Mas hoje é só de vez em quando, e longe do meu marido e do meu filho. Quer dizer, não sei se ele sabe, o meu marido. Não falamos disso. Não sei se ele se importaria ou não. Mas prefiro não falar do assunto.

A mulher fazia confidências ao menino que não fazia ao marido. Realmente, ali se passava uma iniciação. De fato, o menino viera ouvir uma história. O que ele faria com ela, ou depois dela?

O homem dos óculos escuros não dizia nada. Como seria a voz dele? Qual a relação entre eles?

Comecei a conjeturar que ele era um irmão, um primo do menino, talvez o filho do tal de tio, e que ele o trouxera ali para uma conversa salvadora, para expor o mal de família de que eram herdeiros. Seria uma fantasia minha, um espaço do desejo? A expectativa de que algo de bom estivesse acontecendo ali?

Podia ser. De repente, a mulher começou a falar sobre os negócios da família.

A história está ficando mais complicada, comentou a minha mulher.

Sabe, tudo começou com o seu bisavô, disse a narradora.

Quero saber, disse o menino.

Ele era um SS. E recrutava mulheres nos campos de concentração para ele e para os oficiais superiores. Depois da guerra, ele conseguiu fugir, foi para a América do Sul e desapareceu. Deve ter morrido por lá. Teu avô, que já era crescido, sabia da história. Mas parece que não contou para ninguém. Ele não falava da guerra, como tantos. Talvez tenha sido um erro. De qualquer modo, teu pai e teu tio descobriram tudo, através de umas cartas que teu avô guardara. E dos depoimentos que acabaram surgindo. Teu pai não quis saber muito do assunto. Teu tio, sim. Ficou fascinado pela história do avô. Pesquisou, começou a se iniciar no assunto. Deu no que deu. Aprendeu com aquele avô desaparecido. Embora não repetisse seus erros. Trabalhou sempre para o lado vencedor. Começou agenciando foragidas do Leste, durante a Guerra Fria, para o Exército Americano. Prosperou. Ganhou muito, tornou-se generoso. Quando teu pai morreu, ele assumiu a tua manutenção e a da tua mãe.

O pensamento voltou: seria a tal de Micaela mãe do menino? Seria ele o filho de uma prostituta? Não, não podia ser, pensei.

E eu só ouvia confusamente a voz do menino, repetindo, cada vez mais insistente: eu quero saber, tenho o direito de saber. E eu pensando: ele quer, merece ser salvo.

Pois é, depois, ele começou a explorar outros. Montou uma rede de cafetões, sempre ele no topo, continuou a mulher, com sua voz estridente, diante do silêncio do outro, o homem mais velho, que nada falava.

Difícil dizer tudo. Nos meus ouvidos ensurdecidos e na tradução de minha mulher, percebi que... O que percebi? Para falar a verdade, eu não sabia o que tinha percebido. Nem mesmo agora sei com certeza. Tudo são conjeturas. Mas no fundo daquela conversa começou a se desenhar um nó, uma espécie de caroço, um desses buracos negros do universo que podem arrastar e engolir estrelas inteiras. Algo errado. De repente me dei conta de que, assim como havia revelações e a presença de uma voz demasiada, a da mulher, também havia silêncio demais naquela conversa. Como se o dito encobrisse o não dito, mas o que ficava nesse buraco de silêncio é que fosse o importante.

Mais gente chegou. Uma criança pequena. Uma outra mulher, pressurosa e apressada. Seria Micaela? Não sei. A mulher da voz estridente se calou. Interrompeu a história.

A criança pediu um sorvete. A mãe (acho que era mãe) disse: não, não é hora, vamos almoçar antes.

Foi quando ouvi outra voz metálica. Dizia: vem cá, eu vou te dar o que você quer. Era dura, tom entre o aço e o ferro. Voltei-me: era o menino quem falava. Consegui ver suas feições, abaixo dos óculos escuros. A boca era fina e reta, a musculatura se pusera tensa. Era muito diferente do que eu imaginara. Ele chamou o garçom. Não pediu, ordenou: esse menino quer um sorvete. Traga um de limão. Agora. De repente, ele parecia muito mais velho. A outra mulher nem piou.

Depois, ele falou: a conta. Vou pagar, meu tio me dá esse dinheiro, eu tenho o direito.

Os outros não se mexeram. Vi-o sacar o dinheiro do bolso. Pagou, recebeu o troco, deixou a gorjeta em cima da mesa. Vi quando se levantaram. Saíram. O menino na frente, com o menino menor pela mão e o outro braço na cintura da mulher que falara tanto. Atrás deles, ia a outra mulher e, ainda atrás dela, o adulto que não falara e que agora parecia tanto um anjo da guarda que protegia o grupo como um guarda-costas.

E ele, esse menino, ia com seus óculos escuros e sua voz metálica, repetindo: eu tinha o direito de saber.

Saber o quê?, eu me perguntei. Eu nem sabia se tinha assistido à salvação de um destino ou à iniciação de um futuro cafetão. Ou quem sabe à aparição do fantasma de um ex-SS que fugira? Além da luz da praia que os engoliu, o mar soava forte. Uma zoeira. Meu ouvido esquerdo destampara. Que coisa, disse à minha mulher. E ali ficamos, um bom tempo ainda, refletindo sobre o que, no fundo, a gente desconhecia e temia conhecer.

UM ESPELHO NO DESERTO

Sempre me assaltou a imagem de que eu morreria nos braços de uma mulher, fazendo amor. Assim aconteceu com um professor do meu colégio de rapaz, cujos nomes vou poupar. Ele morreu feliz, digamos, tanto quanto isso pode acontecer. Na cama, provavelmente não sabendo o que era prazer, o que era agonia. Só que foi na cama errada. Morreu nos braços da "outra". Foi um escândalo: logo ele, que tinha fama de carola e papa-hóstia. Mas, para nós, jovens do colégio, ele passou a ser uma espécie de herói venerando: venéreo, venerável.

E também assim me tornei um caçador incansável dessas histórias. Conheci muitas que não posso revelar, cujos detalhes ainda comprometeriam famílias que se acham venerandas e veneráveis, mas cujas raízes são nefandas e nefastas, tal é o acúmulo de vendetas e maldições que provocariam, se expostas.

Mas nada me impressionou tanto quanto a história que a seguir narro, e que me foi contada por um velhíssimo comerciante de origem tuaregue, no mercado de Abidjan, na Costa do Marfim, onde passei alguns meses ensinando literatura brasileira. Vagava eu por entre as tendas e as miríades de preços, alguns estratosféricos, outros miseráveis, a serem regateados e dados por objetos igualmente estratosféricos ou miserandos. Não abordei; fui abordado por esse comerciante, com sua roupa algo encardida e desbotada, e que, com gestos excessivamente pressurosos, me fez entrar no exíguo espaço de sua tenda. Esta era singularmente atulhada: milhares de pequenos objetos ali abundavam, mais se escondiam no escuro do pequeno espaço do que se mostravam na meia claridade.

Num francês mal pronunciado, mas correto na gramática, me fez saber que conhecia quem eu era: professor, escritor, brasileiro etc. "Como assim?", quis saber. "Aqui se sabe de tudo", ele respondeu. E me fez saber que conhecia minha predileção: estranhas histórias misturando amor e morte. Algum aluno meu deve ter-lhe contado, pensei, a partir de minhas observações sobre o caso de Isabel e Álvaro, n'*O Guarani*, de Alencar, uma de minhas mortes preferidas na literatura.

"Pois tenho algo para lhe vender", disse ele. "Veja, é uma ampola de vidro", ajuntou, enquanto me mostrava a peça. "Dentro há um caco de espelho." De fato, tinha ele em mãos uma ampola, maior do que um polegar distendido, larga de alguns dedos, com um caco de vidro onde se refletiam imagens da tenda: o escuro, o sombrio, o pouco e difícil ver daquela imensidão de bugigangas e balangandãs.

"Mas talvez", continuou ele, "o mais importante que eu tenha a lhe vender, seja a história que acompanha o caco e a ampola. A história, essa foi trazida a antepassado meu por um ex-escravo que, tendo conseguido enriquecer, retornou de sua terra, o Brasil, à nossa, alguns anos depois do fim da escravidão por lá".

Eu já nem sabia se acreditava naquilo ou não. Ex-escravo que enriqueceu? Mas a curiosidade sempre me empurrou, e assim pedi àquele velho vendedor de histórias e de cacos que me contasse o que tivesse para contar.

"Venho da distante terra de Agamor", disse ele, "no deserto do Mali. Por isso talvez minha pele não seja tão escura nem tão clara como a dos daqui, mas tenha esse tom rubro que só a vida no deserto dá. Minha família veio para cá por causa do comércio, e assim vivemos durante os tempos em que vimos as longas caravanas serem pouco a pouco substituídas pelos curtos caminhões e pequenos ônibus que tudo levam de um lado para outro. Tudo?

Nem tudo: há algo que só as palavras levam, como as bênçãos, as maldições."

Aquele ex-escravo aqui de volta tornou-se um *colon* — esses africanos que se vestiam como brancos — e contou a meu avô, o patriarca que para cá nos trouxera, essa bizarra história de um homem que, vivendo do outro lado do oceano, se perdeu por aqui. Perdeu-se onde? Não se sabe. Talvez dentro de si. E quem contou a ele, o futuro *colon*, foi a última mulher com quem ele se acamara, antes de para cá vir, muito tempo atrás.

Era ela, veja o senhor, o que então se chamava em sua terra uma "francesa". "Francesa"? Na verdade, ela era desse país a que chamam Polônia, país que então nem existia, era uma terra de ninguém ou de todos, assim como ela, cujo nome de guerra era Polaca. Por dever de ofício, falava várias línguas, e também por dever de ofício era despida dos grandes preconceitos que então abundavam em sua terra, e existem até hoje.

Pois ele, o homem que contara a história a meu avô, um ex- -escravo que progredira, com ela se acamara, e ela contou-lhe, talvez para se acalmar, esse estranho fato que se passara.

Estivera, dias antes, com um senhor desconhecido. Ele era janota, apessoado, parecia ter dinheiro e ser gentil. Disse que vinha de longe, muito longe, de onde os campos quase não tinham cercas, nem os países fronteiras claras, só sangrentas, pelas frequentes guerras. Ele mesmo participara de algumas, que lhe deixaram febres. Contou-lhe da morte vista no rosto de mulheres e crianças, que o assombravam. Acabaram num quarto de hotel nessa cidade, hoje enorme, então pequena, de onde o senhor disse que vem.

Na verdade eu nada dissera. Mas naquela atmosfera meio louca, nada parecia estranho. Achei que poderia estar sendo vítima de um logro. Mas aquilo me divertia. Segui.

"Deitaram-se, ainda meio nus. Mas foram tirando as peças de roupa. E a cada uma que ela tirava, notou que ele lhe falava numa língua diferente. Tinha o olhar vago, era verdade, e, como ela disse, "poetava". Devia ser algo assim como falar exaltado. E ele a chamava por nomes outros. Disse-lhe um nome desconhecido, parecia numa língua estranha, da terra. Chamou-a de "Paraguaia".

Daí, confundiu-a com uma francesa de verdade, que ele chamava de Marielle, e que estava em Paris, no tempo de algum rei. Depois, disse ela, ele a beijou furiosamente e a chamou de Yodemá, pedindo que lhe trouxesse sais e a Torá, porque partiria em breve para o oceano desconhecido, em busca de outras terras, levado por um capitão português. Não satisfeito, entrou a lhe chamar de Úrquida, dizendo que seus cabelos negros (os dela eram louros) enlouqueciam a todos em seu pequeno castelo na fímbria do franco reino, fosse lá onde isso fosse. Afinal, disse-lhe que a levaria para sua tenda, em sua terra, a mesma Agamor de onde vinha minha família. Disse, parece, até o nome do lugar. E então entrou a murmurar sobre um espelho, onde quem olhasse não se via, mas sim a imagem de uma mulher que vinha ao seu encontro, uma mulher belamente nua debaixo de seus véus transparentes, e que o envolvia com beijos e salivas de sua lascívia. Trazia um colar sobre a pele do pescoço, com uma cruz missioneira nele pendurada. Daí, passou a dizer coisas desconexas, ou numa língua que ela não conhecia.

Ele parara. E então?, perguntei, sôfrego.

"Então, disse ela a quem a meu avô disse", ele continuou, "então ela se deu conta de que ele morrera. Morrera de amor por ou num espelho, numa tenda do deserto".

Estranha história, disse eu. Mas por que me contou isso? E que relação isso tem com a ampola e o caco que me mostraste?

"É que, tempos depois, achei esse caco entre os guardados de meu avô, depois que meu pai morreu e herdei as arcas da família. Veja por si mesmo", disse-me ele.

Abriu a ampola e, tomando do caco, jogou-o dentro de um copo com água. Seguiu-se esta maravilha: aos poucos, vi tomar forma a mulher nua, mas aos poucos, somente aos poucos. Nunca me foi dado ver seu corpo por inteiro, mas ora um seio, ora um olho, depois a nádega, a madeixa dos cabelos negros, a mão que me chamava para dentro do copo, da água, do caco. E, rutilando de vez em vez, a cruz missioneira, os dois braços desiguais nela atravessados, como os tentáculos de uma sedução que me arrastava, como deve ter arrastado aqueles que a viram.

"Pague-me quanto quiser", disse-me o velho vendedor. "Guardei isso por todo esse tempo porque sabia que alguém estava por vir buscá-lo". Paguei-lhe uma soma não exorbitante mas generosa, e saí com a ampola e o caco para o calor abafante de Abidjan. Não sabia, e até hoje não sei, se fui vítima de um logro, de uma história em série, ou se sou o iniciado num dos mistérios mais misteriosos do amor. Até hoje, de quando em quando, jogo o caco dentro de um copo d'água e tento entender o que ali se passa. É sempre a mesma mulher aos pedaços, a mesma cruz que abre os braços pedindo meu corpo. Nunca mostrei o caco a ninguém. Não sei o que me mantém preso a ele: se a história que o velho me contou ou se a história que o pedaço de espelho não me revela.

Causos difíceis

Página anterior
Gustav Klimt, nu feminino (s/d)

A TINTURARIA

Nenito e Neno eram como unha e carne. Os dois eram a prova de que uma fronteira, assim como separa, une. Nenito fora batizado e registrado em Rivera, no Uruguai. Neno, em Santana do Livramento, no Brasil. Mas ninguém sabia ao certo onde um e outro nascera. Eram filhos do pampa, daquela largueza de terra que linha demarcatória nenhuma contém, nem detém. E assim se criaram. Gente guaxa, de palavras poucas, olhares contidos, mas de coração aberto para as amplitudes do mundo.

Nenito era espigado, magro, de rosto comprido e nariz afilado. Usava uma barbicha que no queixo virava um triângulo por debaixo. Tinha voz aflautada, gostava de cantar, era o sucesso do famoso bolicho "El Guapo", numa rua de Santana que terminava em Rivera, ou começava nesta e terminava naquela. Quando cantava o "Caminito", as morochas suspiravam, e as ruivas e loiras também. Um estrago, o Nenito!

Neno era retaco, usava uma barba meã de tamanho só na junta entre as bochechas e o pescoço. Não cantava: declamava. Sua versão do poema de Aureliano de Figueiredo Pinto, "Bisneto de Farroupilha", era famosa. Sobretudo quando dizia o "Amigos, quando eu me for/ao país do eterno olvido/fica aqui este pedido/ antes que a morte comande:/ponham-me ao peito, sem chucho/o santo trapo gaúcho/da tricolor do Rio Grande".

Como os dois amigos andavam sempre juntos, para serem declarados personagens literários só lhes faltava um Rocinante. Mas na verdade não era necessário: os dois, de per si, valiam um causo. E assim procederam, conforme vou contar.

Pois os dois deram-se na telha de ir ao Fórum Social Mundial, na Venezuela. Assim disseram, assim fizeram. E num belo dia de janeiro do ano da graça de 2006 lá estavam os dois albergados no hotel "Don Quijano", em travessa da Avenida do Libertador. Conscientes de representarem os povos fronteiriços da comarca ao norte do Rio da Prata, ou da comarca ao sul do Guaíba, quando souberam que o presidente Hugo Chávez ia falar ao povo, decidiram se enfarpelar para a ocasião.

Mas os paletós e calças que tinham levado estavam em pior estado que os ponchos dos antigos Farrapos depois de dez anos de guerra: amarfanhados pela viagem, embolorados pela umidade, que em Caracas chovia para Noé nenhum botar defeito. Fazia-se mister uma tinturaria.

Perguntaram ao dono do hotelito donde se encontravam, um certo Señor Alonso. E ele, mui prestativo, logo lhes explicou: indo por aqui e por ali, dobrando à esquerda mais adiante e à direita logo depois, a tinturaria se encontrava. E assim se foram. Mas... acontece que El Señor Dios dispõe, e o Diabo contrapõe... A dupla, com paletós e pantalonas à mão, se embarafustou pelos labirintos de Caracas, e neles se perdeu.

Indo pra cá, vindo pra lá, decidiram perguntar. Foi quando Nenito se adiantou e, vendo uma plácida señora de costas, bateu-lhe ao ombro e perguntou: "por favor, donde se encuentra una tintorería?".

Quando a senhora voltou-se, o queixo de Nenito só não caiu porque no caminho esbarrou na mão de Neno, que tentava segurar o próprio. A senhora tinha olhos verdes, desses que convidam ao mar, e cabelos castanhos, que convidam a conhecer montanhas e vales, e as montanhas e vales ali estavam, em formas altaneiras mal contidas por rendas baratas e panos de segunda mão, mas, se o continente era precário, o conteúdo era fenômeno. Se olhos devorassem, a senhora ficaria reduzida a ossos pelo brilho da mirada de Nenito e Neno. É verdade que uma ruguita ali, outra ali, mostravam que antanho seu esplendor fora maior; mas um quê por ali ainda pairava, mostrando que restara esplendor de sobra para encher a alma de um vivente. "*Trabajo en una tintorería*", disse, com voz de Cinderela. "*Vengan conmigo*", disse logo, com voz de Rapunzel. E lá se foram eles, troteando como cavalitos pampeiros, pelas ruas, vielas, nos rumos ascendentes dos cerros de Caracas. Sobe daqui, desce dali, vai pela rampa, desce a escadaria, por onde passava o trio provocava basbaques, que, com olhos compridos, admiravam a sorte dos acompanhantes e as formas balouçantes da companhia.

Mas lá pelas tantas Neno, de hábito mais desconfiado, cochichou a Nenito: "e se for um assalto?". Nenito deu de ombros: "vamos a ver, *ché*". Para desanuviar, perguntou o nome dela. "*Me llamo* Maria", foi a resposta, "*pero me llaman de Pan de Azúcar*", completou, num bater de cílios, o que deixou Neno alvorotado e Nenito suspiroso.

Eis que já chegavam. Ela tomou os paletós e calças, entrou na tinturaria – uma porta em que nada estava escrito. Os dois ficaram meio apalermados na calçadita estreita e desconfiados de que não veriam mais as roupas. Mas ela saiu, dizendo que em duas horas estaria tudo pronto e eles poderiam passar para pegar. "*Son 25.000 bolívares adelantados*", e os dois pagaram sem discutir.

Ela entrou e saiu de novo, dessa vez com vários cabides nas mãos, onde pendiam fardas militares limpas e passadas, envoltas em plástico. Com aquele mesmo bater de pestanas que deixara os dois de boca aberta e sem voz, perguntou-lhes se poderiam ajudá--la a levar aquela carga até o quartel próximo. "Claro", disseram ambos em uníssono, como se estivessem num jogral. E lá se foi de novo o trio, só que com a moça de mãos abanando na frente e os dois carregadores com o fardo atrás.

Seguiu o cortejo por novas vielas e sendas. E toma daqui e quebra dali, chegaram. No portão do quartel, o sentinela os deteve. Chamou o sargento, que foi taxativo: naqueles trajes, decentes mas sumários, a senhora não poderia entrar, seria um alvoroço na caserna. Mas os muchachos poderiam passar e entregar a carga. Neno e Nenito maquinalmente entraram portão adentro e, agora com o robusto sargento à frente em vez da linda Pan de Azúcar, foram em direção ao prédio principal. Lá os recebeu o oficial de dia; tomou das fardas e ia puxando uma propina do bolso quando os dois agradeceram, dizendo que eram "*gente Del Foro Social*", o que provocou muita admiração no militar. "*Así que están a conocer Caracas por adentro, como no*", disse-lhes, comovido pelo interesse dos dois por sua cidade. "*Más o menos*", foi a resposta da dupla perplexa.

O oficial pediu ao sargento que conduzisse "*los amigos*" até a saída. E perguntou por Pan de Azúcar. O sargento explicou que ela não pudera entrar, pois poderia haver confusão no quartel. "*Bueno*", disse o oficial, "*díle entonces que me espere en el café, que en media hora me voy. Y lleve nuestros compañeros en seguridad hasta su destino*".

Assim foi dito, assim foi feito. O sargento voltou com eles até o portão e deu o recado à senhora, que se dirigiu ao café próximo, não sem antes agradecer vivamente à sua antiga escolta, estendendo-lhes a ponta dos dedos num gesto de fina elegância. Neno apertou aqueles dedos com delicada firmeza. Nenito, numa mesura de monarca pampeano, beijou-os com um certo ardor. E assim se apartou o trio, com os viajantes agora acompanhados por dois soldados de fuzil a tiracolo, que não só os acompanharam até a tinturaria como, depois de pegarem as roupas devidamente asseadas e "*planchadas*", ainda os conduziram ao "Don Quijano". Lá chegando, despediram-se, e, quando a dupla agradeceu, os recos disseram: "*Estamos contentos por ayudar la gente Del Foro*".

À noite, depois de ouvir o discurso do presidente Chávez no Gymnasio Poliédrico, quando os dois perambulavam pelas ruas em festa, com seus paletós escovados, cada um tinha as próprias conclusões sobre o acontecido. "Veja só, *hermano*", casquinava Neno. "Fomos ao fundo de Caracas acompanhados por uma dona airosa e voltamos escoltados por dois recrutas". Completava: "Aquilo foi cortesia do oficial ou ele queria ter certeza de que iríamos embora?".

Nenito não tinha propriamente uma conclusão. Só olhava para os cerros de Caracas, antes cobertos pelas paredes coloridas das favelas, agora tremeluzindo num festival de pequenas luzes que espelhavam o pisca-pisca da Via-Láctea.

Essa diferença eles mantiveram para sempre. De volta aos rincões de sua terra, Neno contava para todos o estranho e cômico causo com eles ocorrido, de perseguirem uma dona, transformados em carregadores de fardo ou fardas alheias, uma dona que tinha um apelido engraçado: Pan de Azúcar. E ele se ria à vontade.

Se era Nenito o contador, o causo não diferia muito, mas terminava diverso, numa noite em que as luzes da terra e as estrelas do céu se confundiam umas com as outras. E, ao dizer o nome de Pan de Azúcar, se era dia, seu olhar ia até o horizonte da pampa desabrida, se era noite, perdia-se nas sombras e luzeiros distantes. E, em vez de rir, suspirava.

Assim é a vida, assim são os homens: tão parecidos quão diferentes.

A CARTEIRA

Seu Caluste era de per si um causo inteiro. Nascera na Itália e ainda jovem viera pro sul do Brasil. Logo se aquerenciara de vez, pegando os usos e costumes da terra. Fez pouso numa quebrada perto de Nova Prata e arranjou sua casa como se fosse um brinco. Aprendeu a língua, parecendo índio velho que falava aquilo desde criança. Primeiro foi carreteiro, depois comprou um camiãozito e, num par de anos, era dono de uma pequena mas próspera transportadora. Não se limitava a trabalhar: acreditava no trabalho como a redenção do homem.

Se estava em casa no verão, vestia bombachas e tamanco; no inverno, punha as botas e o poncho de lei. E dentro só usava alpargatas, daquelas Roda, e apreciava pô-las com os pés junto a um fogo de nó de pinho na lareira.

Era devoto, e se ligou nos santos do pago, além dos que trouxera da Itália. Mandou fazer uma estatueta de são Sepé a cavalo e rezava pra ele pedindo coragem pra enfrentar a vida. Mandou fazer uma também do Negrinho do Pastoreio e sempre pedia pra ele se perdia alguma cousa.

Trouxera também de sua Itália um jeito muito pessoal de tratar os santos. Se eles não atendiam o pedido, ele os desancava de palavrão e xingamentos de toda espécie. "Porco" era de somenos, só pra começar; soltava o verbo em italiano e em português, tudo misturado. Depois se reconciliava, acendia velas, confessava e ia vivendo. Seus destemperos ficaram famosos, pois a vizinhança toda ouvia e comentava: "Seu Caluste tá de mal com o santo". Os anos foram passando. Seu Caluste não casou, mas se amasiou com uma Siá Poronga, de nome Gertrudes, chamada por aquele apelido pelos meninos por causa de seus conformes corporais. Mas era tudo direito e na santa paz. Vivia cada um em sua casa, e se viam sem escândalo. Siá Poronga não podia casar porque era mulher separada de um homem que se mostrara ruim de marca, e no tempo não tinha divórcio. Era mulher respeitosa, rezava o terço, e até o pároco, que era um boa-praça, acabou se acostumando com aquilo. Dizia com os botões de seu sobretudo, mui moderno: "Se Nosso Senhor lá do céu permitiu, não sou eu aqui na terra que vou proibir. Desde que mantenham a compostura, claro". E eles mantinham e pagavam o dízimo.

Mas um dia Seu Caluste perdeu uma carteira de estimação. Ficou muito sentido. Não era pelo dinheiro que nela havia; é que a carteira fora presente de seu finado pai, comprada em Florença, uma prenda. Ele se botou de reza pro Negrinho do Pastoreio e acendeu um paco de velas, mas não adiantou. O raio da carteira não aparecia. E foi indo e foi indo até que Seu Caluste perdeu a paciência e começou a desancar o Negrinho, de filho disto e daquilo até *"Porco Cane"* e não sei o que mais.

Foi tanto barulho que até Nossa Senhora acordou no céu. E dessa vez achou que era demais. Seu Caluste precisava de um corretivo. E quando Nossa Senhora rodava a baiana o causo ficava mui sério. Nosso Senhor mesmo se escondia atrás do *Correio do Povo*, que naquele tempo ainda era largão, não era esse pequetitico de hoje que nem tainha embrulha, e fingia que não era com ele. Jesus Cristo arrepanhava o camisolão e saía correndo e até o Espírito Santo ia bater asa em outra freguesia. São Pedro então nem se fala: fechava à chave a porta do céu e ficava do lado de fora pra não entrar no sarilho.

E a Santa Mãe do Menino Jesus resolveu descer até a Terra e ensinar de vez aquele desbocado. Como era no Brasil, veio na figura de Nossa Senhora Aparecida, retinta como o pavio das velas que o Caluste acendia. E foi logo aparecendo no escritório do dito cujo, onde estavam as estatuetas, e pra espanto do vivente, com tudo a que tinha direito: estrelinhas pisca-piscando, nuvenzinhas de algodão, harpas tocando, anjinhos gorditos batendo asas e mais uma penca de efeitos especiais. E lascou pro Caluste, boquiaberto:

– Olha, é melhor parar com essa mania. O Negrinho do Pastoreio não é santo oficial, mas merece respeito como todo mundo. E depois, mandrião (Nossa Senhora gostava de um palavreio difícil), tua carteira foi tu que esqueceu na casa da Gertrudes, debaixo da cama dela, porque boa coisa vocês não andavam fazendo, e se de tudo isso uma lição se tira é que ela deve varrer melhor a casa, e não tu ficar desancando santo. Essa história vai te render uns bons anos no Purgatório, mas como tudo é causo do coração a gente no céu até que perdoa. Segue fazendo o bem e xingando menos.

E aí Nossa Senhora sumiu, com sua esteira de anjinhos e a música de fundo. O Caluste ficou no espanto um par de minutos, mas foi logo vestindo o poncho pra ir até a casa da Gertrudes pegar a carteira. Ao fechar a porta do escritório não se conteve. Virou pro Negrinho e falou:

– Que pouca vergonha! Ficou vagabundeando e chamou a Mamma pra fazer o serviço!

TIROS PARA O ALTO

Libório era o capataz da estância Santa Branca, nas lindes de Dom Pedrito, no sudoeste do Rio Grande, daquelas em que o visitante, ao ir de jipe da porteira até a sede, entrava e saía pelo Uruguai adentro e afora sem se dar conta. Quase perdida na campanha, era uma pérola de bom gosto, e em boa parte isso se devia às capacidades quase centenárias do Libório.

Pois um dia o Libório adoeceu, de uma quebradeira nos rins. Caminhar, caminhava, mas o difícil era levantar. O patrão, que era homem às direitas e reconhecido, resolveu que o Libório merecia do bom e do melhor. Despachou-o para o Rio de Janeiro, para tratamento com um taura no assunto. E lá se foi o Libório, que de cidade grande só conhecera Bagé, para a ex-capital federal, cheio de recomendações:

– Cuidado com os assaltos, Libório. Lá tu não conhece as pessoas. Anda só de dia, e coisa e tal.

Libório foi, viu e voltou. Fez as consultas, tomou os remédios e ficou bom e desempenado de novo. Mas contava que vivera pelo menos uma situação de aperto.

Foi num começo de noite. O patrão lhe arranjara um hotelzinho no Leblon, já que o consultório do médico ficava em Ipanema. Libório ia e voltava de ônibus, com tudo anotado para não se perder. Tanto na ida quanto na volta tinha um estirão de quadra, quadra e meia para caminhar até a parada do ônibus, ou de volta até o hotel.

Num belo dia a consulta atrasou. E quando o Libório voltou já era noite fechada.

— Mas tu não teve medo?, perguntaram, enquanto ele limpava o pigarro e acendia o palheiro, pra fazer suspense, como aprendera num filme que vira na ex-capital.

— Não, ele respondeu. Não me apertei. Eu sempre levava o trinta e oito comigo, pra qualquer necessidade. De modes que pra me garantir fui andando no meio da rua, por entre os autos que vinham vindo, com o revólver na mão. E, de quando em quando, pra que ninguém se metesse comigo, eu dava um tiro pra cima.

E arrematou:

— Era uma beleza de janela batendo, de correria na rua e de auto subindo em calçada! Mas comigo ninguém buliu! Nem a polícia apareceu!

E soltava um trovão de risada.

O TALHO

Este se passou no tempo do trem. José Luís era moço, tenente, e de São Paulo. Tinha uns antepassados distantes que se mudaram de Sorocaba para o Rio Grande. Crescera ouvindo histórias desses migrantes e de parentes que nunca encontrara. Eram histórias de façanhas, entreveros, revoluções, duelos que o fascinavam. Queria porque queria ir pro Rio Grande. E conseguiu. Tendo entrado pra carreira militar, um dia a transferência o pegou: guarnição de Santo Ângelo, região das Missões, quase fronteira com a Argentina. E lá se foi, feliz da vida.

A viagem demorou uma vida. Mas enfim ele chegou. Mal o trem parou, ele desceu na estação e logo deu de cara com um gauchão, daqueles completos, com chapéu de aba larga, bigode basto, lenço vermelho no pescoço, pala porque estava um pouco frio, bombacha, bota luzente e espora.

José Luís ficou extasiado, olhando aquela festa de trajes e de jeito de ser. E o tipo veio se chegando pra ele, até que bem perto tirou de debaixo do pala uma adaga de metro e cravou no infeliz. Mas o José Luís, se era meio tonto, não era tonto completo: quebrou o corpo, e o pontaço que vinha no coração só lhe furou a japona, a farda, a camisa e lhe estropiou um mamilo, cicatriz que ele carregou na Coluna Prestes e depois pro resto da vida, com muito orgulho.

Num zás o gauchão estava cercado e seguro, porque a estação enxameava de praças que acudiram o colega. Depois de tratado o ferido, foram todos pra delegacia.

O delegado estranhou tudo aquilo, e foi logo perguntando pro gauchão:

— Mas por que tu fez isto, desgraçado? Ele não te fez nada, não te ofendeu, não te atacou!

A resposta veio pronta:

— Sei lá! Tava me encarando...

Pra encerrar o causo, o gauchão ganhou uns dias de cana e depois sumiu dali, temendo vingança.

O Zé Luís entrou pra Coluna Prestes e pra História do Brasil.

O FIADO

Quando guri, eu conheci um cachorro de nome Fiado. Ele tinha outro nome, mas a gente chamava ele de Fiado. O dono tinha ensinado ele a não comer nada, a menos que se dissesse: "tá pago!". Se a gente jogasse um naco de carne, um osso pra ele e dissesse: "fiado!", ele ficava olhando o petisco com a boca e os olhos cheios d'água, mas não comia.

Isso era na casa de praia do meu pai, na Alegria, do outro lado do rio Guaíba.

A gente, a gurizada, ficava se divertindo com o Fiado. Jogava qualquer coisa pra ele, um pedaço de pão, uma sobra de churrasco, e dizia: "tá pago!". Quando ele ia abocanhar a comida, a gente gritava "fiado!", e ele arrepiava o abocanho. E a gente podia ficar naquilo o dia inteiro, se divertindo com o pobre do cachorro. Às vezes a gente dizia "fiado!" e ia dar uma volta na casa, só de maldade. Pois a gente voltava e lá estava o pobre, olhando esganado o petisco, mas sem comer.

O dono dele era pedreiro, e viera fazer uns serviços na casa do meu pai. Num domingo, ele saiu e deixou o cachorro preso numa corda, nos fundos da casa. Meu pai também saiu, a empregada saiu, a mãe foi na vizinha e a gente, os guris, tinha um jogo de futebol marcado no campinho perto da praia.

Mas antes de sair eu fui lá nos fundos, joguei uma linguiça pro cachorro e gritei: "fiado!". E fui jogar. O jogo durou a tarde inteira. Voltando, já de tardezinha, fui ver o que acontecera. A linguiça estava lá, intocada. E o cachorro ao lado, morto. Morrera acho que de desgosto.

Fiquei muito triste, mas tive a esperteza de esconder a linguiça, pra ninguém desconfiar do acontecido.

Guri é bicho muito mau.

Histórias difíceis

Página anterior
Gustav Klimt, estudo de casal e nu masculino (1900-1907)

AI DE TI, 64

"Memento, homo, quia pulveris es,
et in pulverem reverteris."
(Gênesis: 3, 19)

A Malena Monteiro

Há uma praça de menos em Porto Alegre. Essa praça deveria se chamar "Tenente-Coronel-Aviador Alfeu de Alcântara Monteiro". Alfeu de Alcântara Monteiro nasceu em Itaqui, Rio Grande do Sul, em 31 de março de 1922. A Semana de Arte Moderna tinha um mês e meio de realização. Naquele ano também seria fundado o Partido Comunista do Brasil.

O menino Alfeu tinha três meses e meio de vida quando da revolta dos 18 do Forte, em Copacabana. Tinha dois anos mais ou menos quando o Capitão Luís Carlos Prestes começou a marcha de sua coluna, naquela região mesma em que nascera, as Missões. Tinha oito anos na Revolução de 30, dez na de 32, vinte quando o Brasil entrou na Segunda Guerra, ao lado dos aliados e da União Soviética, contra os nazifascistas e o Eixo. Teria 44 anos recém--completos ao morrer, em 4 de abril de 1964, em consequência do golpe dado dias antes.

Em 1941 ingressou na Escola Militar do Realengo, no Rio de Janeiro, e em 1942 passou para a Escola da Aeronáutica, onde se formou como aspirante em 1943, designado para servir na base aérea de Fortaleza.

Fez uma carreira bastante protocolar e rápida, marcada por elogios oficiais. Recebeu louvores individuais em diversas ocasiões. Em 1946 já era Tenente-Aviador e estava na Base Aérea de São

Paulo. Em 1947 estava de volta na Escola de Aeronáutica, no Rio de Janeiro, onde recebeu louvor, destacando "suas qualidades de caráter e esmerada educação, aliadas à correta noção de disciplina e dos assuntos profissionais, que o fazem apontar entre os oficiais de escol da FAB". Serviu ainda em Natal nesse período. Por seus méritos integrou a equipe de oficiais aviadores que em 1948 foi buscar aviões de combate adquiridos nos Estados Unidos. Nos dez anos seguintes serviu em Natal, Rio de Janeiro, São Paulo e Porto Alegre. Recebeu vários elogios em sua folha de serviço por participação em eventos esportivos e manobras de campo, simulando combates. Muitos desses elogios ressaltaram sua capacidade de superar dificuldades e precariedades provocadas por falta de suprimentos ou aparelhos adequados. Em 1957 recebeu um elogio por escrito do Brigadeiro do Ar Nelson Freire Lavanère Wanderley, do Comando da Primeira Zona Aérea. Em 1964 o já Tenente-Coronel Alfeu Alcântara Monteiro seria acusado de tentar assassinar o Brigadeiro Lavanère Wanderley na Base Aérea de Canoas.

Em 1958 fez o curso do Estado Maior da Aeronáutica no Rio de Janeiro. Em 1959 passou a integrá-lo, e em dezembro desse ano estava servindo na Sub-Seção do Exterior do Comando de Segurança Nacional. Nos elogios recebidos em sua folha de serviço nesta função, destacam-se os seguintes termos e expressões: "personalidade marcante", "destacado piloto da FAB", "impecável apresentação", "correção e franqueza de atitudes", "discreto, trabalhador e inteligente", "espírito de cooperação". Diz o elogio de 27 de julho de 1960: "Embora constantemente solicitado para cumprir seus deveres como piloto da FAB, tem em dia seus encargos".

Em 31 de janeiro de 1964 recebeu o que provavelmente foi seu último elogio oficial, da parte do General de Divisão Ernestino Gomes de Oliveira, Diretor-Geral de Saúde do Exército, nos seguintes termos: "Tenente-Coronel-Aviador Alfeu de Alcântara Monteiro, oficial disciplinado, competente e proficiente, comandou com destreza e perfeição o transporte de que me utilizei. Sempre pronto para o serviço, o Ten. Cel. Alfeu deu demonstração cabal de pontualidade e espírito militar. Louvo pois o Ten. Cel. Alfeu e auguro-lhe o melhor êxito em sua brilhante carreira".

Tudo isso consta em cópia autenticada da folha corrida do Tenente-Coronel, que lhe foi passada em 23 de março de 1964, na Base Aérea de Canoas. Aqui vale a pena transcrever trecho do seu obituário, publicado em 5 de abril daquele ano, no *Diário de Notícias* de Porto Alegre:

[Serviu] no Comando de Segurança Nacional até fevereiro de 1961. Foi exonerado nesse mês daquele órgão, ficando 90 dias sem função e sem vencimentos, ao que dizem por ser antijanista. Ao terceiro mês de afastamento foi classificado em Recife. Este fato levou-o a dirigir carta a um oficial do Ministério da Aeronáutica, dizendo-lhe que só lhe servia Porto Alegre, pretensão que lhe foi satisfeita um pouco mais tarde. Quando da renúncia do sr. Jânio Quadros e com a ida do Brigadeiro Aureliano Passos para o Rio, Alfeu Monteiro assumiu o comando da Quinta Zona Aérea, em face de sua ligação com o esquema organizado pelo sr. Leonel Brizola.

O "esquema organizado pelo sr. Leonel Brizola" era a Rede da Legalidade, que unia uma cadeia de rádios à resistência do 3º Exército, para garantir a posse de João Goulart na Presidência da República em agosto/setembro de 1961, diante da disposição golpista dos ministros militares Odylio Denis, Sílvio Heck e Grum Moss para impedi-la. De fato, o Tenente-Coronel acabou tendo participação decisiva nos acontecimentos.

No torvelinho político que se seguiu à inesperada renúncia de Jânio, a obstinação do governador do Rio Grande do Sul em não se dobrar diante da tentativa de golpe exasperou o comando militar em Brasília. Forçado pelas circunstâncias e por vários de seus comandados, entre eles os Generais Pery Bevilacqua e Oromar Osório, o Comandante do 3º Exército, General Machado Lopes, decidiu também se insurgir contra o golpe. Nesse momento, o Gabinete do Ministério da Guerra transmitiu ao General Machado Lopes a seguinte mensagem, às seis horas da manhã de 28 de agosto:

O 3º Exército deve compelir imediatamente o sr. Leonel Brizola a pôr termo à ação subversiva que vem desenvolvendo e que se traduz pelo deslocamento e concentração de tropas [...] Faça convergir sobre Porto Alegre toda a tropa do Rio Grande do Sul que julgar conveniente, inclusive a 5ª DI, se necessário. Empregue a Aeronáutica, realizando inclusive o bombardeio, se necessário [...].

Radioamadores captaram a mensagem. A senha definitiva para o ataque aéreo, que também chegou a ser transmitida, era: "Tudo azul em Cumbica. Boa viagem." Os jatos Globe Meteor, da Base Aérea de Canoas, depois da missão, deveriam seguir para aquela base em São Paulo.

Em Canoas seguiram-se momentos indescritíveis de tensão. Alertados pelo Capitão Alfredo Daudt, os sargentos da base aérea se insurgiram, decididos a impedir que os oficiais levantassem voo. Estes se dirigiram a um dos prédios para vestir os uniformes. A partir daí os relatos são muitos. Uns dizem que os pneus dos jatos foram esvaziados. Outros dão conta de que os sargentos cercaram os oficiais no prédio, e que todos, de ambos os lados, dispunham de armamento pesado e estavam dispostos à luta.

Os sargentos conseguiram enviar um jipe até o centro de Porto Alegre para pedir ajuda (naquele tempo o sistema de comunicações era muito precário). O jipe quase foi virado por uma multidão enfurecida pela notícia da ameaça de bombardeio. Consta que um dos sargentos só conseguiu impedir o linchamento gritando que era parente de Brizola.

Os emissários conseguiram passar, e o General Machado Lopes enviou uma força-tarefa para assumir o controle da situação na Base Aérea. Foi feito um acordo: o comandante da base, Brigadeiro Aureliano Passos, e os oficiais favoráveis ao golpe a abandonaram e foram para Cumbica. Assumiu o comando o Tenente-Coronel-Aviador Alfeu de Alcântara Monteiro, legalista.

Ao assumir o comando da base, o Tenente-Coronel deu declarações no sentido de tranquilizar a opinião pública. Anunciou – confirmando fatos sabidos da véspera – que o Brigadeiro Aureliano deixara a base com mais oficiais, levando os jatos que seriam utilizados no bombardeio da cidade, em número de dez. Alegava que isso afastava o perigo do ataque e, além disso, negava a existência da ordem que a base, de fato, recebera: "Na realidade os oficiais, inclusive o Comandante da Esquadrilha de Caças, estavam contrários à atitude das autoridades gaúchas, mas não houve nem intenção e muito menos ordem para que a FAB bombardeasse o Palácio de Governo ou qualquer outro local". Esse "qualquer outro local" seriam pelo menos as torres da Rádio Guaíba, base da Rede da Legalidade, que o governo gaúcho já formara em escala nacional.

Entretanto, alguns dias depois, o Tenente-Coronel daria nova entrevista ao mesmo jornal (o *Jornal do Dia*), em 3 de setembro, denunciando manobras dos ministros de Brasília para "desunir" as forças da Legalidade, segundo as quais ele não mais obedeceria à orientação prevalecente no Rio Grande do Sul. Diz o texto:

"Trata-se de uma manobra do Ministério para tentar separar as forças do Rio Grande, 3º Exército, FAB e Governo do Estado. Estamos indissoluvelmente unidos e reina harmonia nas forças da Legalidade."

Essa harmonia não devia ser tanta assim. A própria notícia, mais adiante, dizia curiosamente que na Base Aérea de Canoas havia 216 sargentos, cabos e soldados prisioneiros de cerca de 30 oficiais! Ou seja, isso mostra que houvera, ao lado da negociação informal sobre o impedimento do bombardeio do centro de Porto Alegre, uma negociação formal sobre o destino das ordens e contraordens dadas e recebidas.

Os aviões tinham cumprido a ordem recebida, ou seja, decolaram de Canoas e pousaram em Cumbica. Se não realizaram o bombardeio, é porque não tinham bombas nas asas, impedidas de embarcar pelos suboficiais e pela presença da força-tarefa enviada pelo General Machado Lopes. Ao mesmo tempo os suboficiais e praças rebelados permaneceram sob a custódia dos oficiais remanescentes. Mantinham esse delicado equilíbrio a presença e o prestígio do Tenente-Coronel-Aviador Alfeu de Alcântara Monteiro. Não deixava de ser uma saída bem à brasileira: tudo estava de acordo com os manuais, e dessa forma a carreira de ninguém seria prejudicada, fosse qual fosse o resultado do impasse, é o que se pode concluir.

O fato é que a ordem de bombardeio existiu, e só não se cumpriu graças à decisão contrária dos sargentos, suboficiais e oficiais legalistas, logo a seguir amparada pela atitude do Tenente-Coronel, assumindo o comando da Base Aérea. O cumprimento da ordem teria consequências imprevisíveis: o Palácio Piratini, alvo do bombardeio, fica em bairro densamente povoado; nesta época já havia até alguns edifícios em redor. A Praça da Matriz, como a população ainda a chama, em frente ao Palácio, estava sempre cheia de povo, naqueles dias de mobilização. Haveria um morticínio, como o que houve em junho de 1955 em Buenos Aires, quando aviões da Marinha e da Aeronáutica bombardearam a Casa Rosada e outros prédios públicos numa tentativa de derrubar Perón.

A importância dos acontecimentos de Canoas foi atestada pelo fato de ter sido na Base Aérea que começaram as comemorações do Sete de Setembro seguinte, quando a crise da posse de Goulart já estava resolvida. Às nove da manhã houve um desfile que homenageava as autoridades que para lá se deslocaram, o governador Brizola, o General Machado Lopes, o Comandante da Brigada Militar, o Arcebispo do Rio Grande do Sul. No fundo, os homenageados por tal deslocamento eram os praças, sargentos, suboficiais e oficiais legalistas da Base. Nas fotos, o Tenente-Coronel Alfeu tem lugar de destaque.

Nesse momento o vice-presidente João Goulart já embarcara para Brasília, depois de chegar a Porto Alegre ao fim de uma longa viagem da China, onde estava quando da renúncia de Jânio, com escala final em Montevidéu. A ida de João Goulart para a capital da República também teve participação especial da FAB. Chegou a se montar uma operação para derrubar o avião presidencial, a "Operação Mosquito". Contrária a ela, e com a participação de sargentos e suboficiais de Brasília, montou-se uma "Operação Tática", destinada a impedir que aviadores golpistas pudessem cumprir aquela determinação. A base da "Operação Tática" foi o Aeroporto Salgado Filho, em Porto Alegre, de onde partiu o avião presidencial. Fizeram parte dela iniciativas como a de evitar que os demais aeroportos do caminho obtivessem informações sobre o plano de voo e a divulgação de dados meteorológicos enganosos sobre o sul do Brasil, como a de que chuvas torrenciais impediam o sobrevoo de Porto Alegre. O comandante da "Operação Tática" foi o Tenente Generoso Resende Lacerda, mas o responsável por todas as ordens, mais as mensagens, enganosas ou não, para o resto do país, foi o Ten. Cel. Alfeu.

Essa posição proeminente nos acontecimentos de 1961 valeu a ele algumas promoções a seguir. Duas são muito significativas. Chegou a ser piloto do avião presidencial, depois da posse de João Goulart. E foi nomeado para dirigir a Superintendência da Fronteira Sudoeste, que abrangia os estados sulinos mais o Estado do Mato Grosso (hoje, na região, Mato Grosso do Sul). Mas o Tenente-Coronel-Aviador não permaneceu nos cargos. Do primeiro, não tenho informação de por que nem quando saiu. Do segundo, afastou-se em 20 de janeiro de 1963, enviando o seguinte telegrama às autoridades competentes:

Informo Vossência serei substituído breve Superintendência Fronteira Sudoeste devido imposição Governador Leonel Brizola e Presidente PTB Rio Grande do Sul o estrangeiro [sic] João Caruso. Motivo real não mencionado Presidente Jango é que não sou político e assim jamais permitirei transformar órgão sob minha direção em cabide de emprego para cabos eleitorais que deverão agir próximas eleições para prefeito de Palegre e outros municípios do RGS. Adianto Vossência que pessoalmente só tenho prejuízos naquela função. Esses prejuízos estavam sendo compensados tendo em vista possibilidades promover patrioticamente desenvolvimento socioeconômico área Fronteira Sudoeste, no menor espaço de tempo, com máxima economia, contando naturalmente cooperação governo objetivo e profícuo Vossência e demais governadores, conforme poderão testemunhar elementos credenciados [n]esse Estado e outros compreendidos fronteira Sudoeste, que lá estiveram e presenciara[m] a minha orientação administrativa imprimida ao Órgão. Lamento informar Vossência esses fatos mas faço pretendendo ressalvar minha responsabilidade no caso e dar nome aos bois, para que o povo dos quatro estados, que fazem parte da área, não fique às escuras sobre o assunto. Sentindo não mais poder dedicar meus esforços nessa direção, despeço-me atenciosamente. ALFEU DE ALCÂNTARA MONTEIRO, TENENTE-CORONEL-AVIADOR

Pouco depois de deixar a Superintendência, o Tenente-Coronel se envolveu numa luta de rua em Porto Alegre, ao ser interpelado por guardas de trânsito de forma que considerou inadequada. O episódio se passou às 23 horas de um sábado, no mês de fevereiro, e acabou na Chefatura de Polícia, além de ser publicado com estardalhaço em jornais no dia seguinte.

Por esse tempo o Tenente-Coronel havia se separado de sua mulher e constituído nova família. A primeira foi residir no Rio. Mas ao longo de 1963 ele acabou reconsiderando sua situação. Reconciliou-se com a primeira mulher, decidindo ambos voltar a morar juntos. Querendo seguir para o Rio, dirigiu-se para a Base Aérea de Canoas a fim de colher documentos e pertences que lá deixara. E foi onde estava quando começou o Golpe, entre 31 de março e 1º de abril, que depôs o presidente João Goulart. O Comandante da Base, Brigadeiro Otelo da Rocha Ferraz, deixou o local depois de ser nomeado novo Comandante pelos golpistas o Brigadeiro Nelson Lavanère Wanderley. Mas os sargentos e suboficiais, inconformados, se rebelaram. E junto com eles estava o seu antigo Comandante da Legalidade.

É difícil saber exatamente o que aconteceu a seguir. Lavanère Wanderley se apresentou na Base acompanhado pelo Coronel-Aviador Roberto Hipólito da Costa, depois da fuga do presidente João Goulart para o Uruguai. Por volta das 21 horas do sábado, 4 de abril de 1964, reuniram-se numa sala do Comando. Estavam apenas os três. Segundo informações da imprensa, houve um tiroteio. A versão divulgada estabelecia que, ao receber ordem de prisão, ou de se apresentar no Rio de Janeiro, o Tenente-Coronel Alfeu se insurgiu, sacou da arma, fez cinco disparos contra o Brigadeiro, à queima-roupa, acertando um ou dois de raspão. No futuro, ao ser empossado como Ministro da Aeronáutica, o Brigadeiro tinha, segundo o Ministro que lhe transmitia o cargo, a cicatriz de um ferimento de raspão no olho. Uma versão diz que "elementos de segurança" acorreram e alvejaram o Tenente-Coronel.

Outra, que foi a versão levada a julgamento, estabeleceu que o autor dos disparos contra o Ten. Cel. foi o Coronel Hipólito. A nota oficial distribuída pela Aeronáutica em 5 de abril dizia que o Tenente-Coronel fora morto por "circunstante". De um modo geral, os comentários ressaltavam que o oficial morto era de "tendências brizzolistas" (sic). Em ao menos uma circunstância, foi chamado de "fanático". Tempos depois, o Coronel Hipólito foi a julgamento no Rio de Janeiro, sendo absolvido. Segundo o noticiário, a alegação da defesa foi de legítima defesa de terceiros. O caso é até hoje mencionado em publicações de todos os tipos, impressas ou na internet, desde as que arrolam as vítimas da ditadura àquelas que fazem a apologia do golpe e acusam o Ten. Cel. de ter atentado contra a vida do Brigadeiro Lavanère. As versões extremas falam em assassinato com dezesseis tiros de metralhadora, ou com um único tiro, disparado pelo Coronel Hipólito em defesa do Brigadeiro. Sobre o acontecimento, obtive depoimento da filha do Tenente--Coronel, Malena Monteiro.

Conversamos em 22 de maio de 1983, em Brasília, depois de uma correspondência que começou em 1980. Caracterizou seu pai como um homem impulsivo, algo autoritário e ao mesmo tempo carinhoso, dividido em casa entre manter a ordem e cuidar das meias, dos sapatos e das roupas dos filhos. Era nacionalista, não de esquerda. Disse também que por ocasião da morte do pai a família recebeu da Varig cinco passagens para ir do Rio a Porto Alegre, mas chegaram atrasados ao enterro, que se deu no dia 5 de abril, no Cemitério de São Miguel e Almas, com honras militares. Depois, no Rio, foram perseguidos e ameaçados por oficiais da Aeronáutica, o que fez sua mãe se mudar para a Inglaterra. No dia da morte do pai, ela disse terem os três, Lavanère, Alfeu e Hipólito, se dirigido para um gabinete do QG. Fecharam-se lá dentro, e depois de uma discussão ocorreram os disparos.

O Tenente-Coronel foi atingido por oito disparos, sendo quatro pelas costas e quatro pela frente. Como os disparos estavam em linha ascendente, suspeitou-se de uma metralhadora, mas é verdade que uma pistola automática faria o mesmo efeito. Supõe--se que ao ser atingido pelas costas ele tenha se virado e recebido novos disparos pela frente. Um gesto desses levanta a hipótese de que o Brigadeiro Lavanère tenha sido atingido de raspão por uma das balas disparadas pelo Coronel Hipólito. Nesse caso, o Tenente-Coronel Alfeu não atirou primeiro, e se chegou a sacar a arma foi para se defender, ao contrário da versão oficial, em que ele foi o agressor.

Há uma versão dos acontecimentos que afirma ter o Ten. Cel. apenas ameaçado o Brigadeiro com sua arma, e que, com a chegada do Coronel Hipólito e outros assessores, teria começado "uma troca de tiros".

Mas, segundo Malena, quem acorreu de fora para dentro foi o ajudante de ordens do Tenente-Coronel. Ele, ao entrar, deparou-se com a cena consumada. Disse-me que este rapaz também foi perseguido pelos vencedores do golpe, bem como vários sargentos e oficiais da Base, entre eles o Capitão Alfredo Daudt, que estava presente na base no momento do tiroteio.

Seu pai foi levado para o Hospital do Pronto-Socorro, em Porto Alegre, onde chegou com vida e ainda sobreviveu por meia hora. Não falou sobre os acontecimentos, só sobre os filhos. Ela disse que a família soube de alguns desses fatos por uma freira, que estava presente no hospital, e que o médico que atendeu seu pai resolveu calar-se, por medo das consequências. Na ocasião em que a entrevistei, o Coronel Hipólito já tinha morrido. O Brigadeiro Lavanère também, ou morreu algum tempo depois. Em nenhum momento, em nenhum documento, encontrei referência a exame de balística nas armas presentes.

O que se passou exatamente naquela sala? Jamais se saberá. Ela virou uma caixa-preta. Só se poderia saber com exames de balística, nessa altura impossíveis, com o exame da sala em busca de possíveis vestígios que tenham ficado depois de tantos anos, com a exumação dos restos mortais do Tenente-Coronel. O depoimento de Malena, a partir do da freira e do ajudante de ordens, é consistente. A versão de que seu pai disparou cinco tiros à queima-roupa e errou todos é inverossímil. Também é a de que tenha sido atingido por um único tiro, pois ainda foi transportado para o Hospital do Pronto-Socorro em Porto Alegre e lá sobreviveu por meia hora, e falando. É mais provável mesmo que tenha sido atingido várias vezes e tenha morrido em consequência da hemorragia e da falência de órgãos atingidos. A versão de que foi atingido por "dezesseis tiros" cabe na de que levou oito, pois como se sabe, um tiro nas condições em que estavam, atravessa o corpo. Se o Tenente-Coronel foi atingido por oito, teria dezesseis orifícios pelo corpo. E é possível mesmo que uma das balas disparadas pelo Coronel Hipólito tenha ferido o Brigadeiro, saindo do corpo do Tenente-Coronel ou passando-lhe ao lado, enquanto este se virava. As versões divulgadas oficial ou oficiosamente se complicam na sua multiplicidade de variantes.

Mas o importante a ressaltar é que o Golpe de 64 criou esse tipo de caixa-preta muda na vida de todo mundo. Sempre há um buraco, uma lacuna, um fundo secreto onde é difícil ou mesmo impossível olhar. No caso, essa caixa-preta perdida se refere à vida de um homem com quem o povo e a cidade de Porto Alegre têm uma dívida imorredoura. Ele, os oficiais e os sargentos legalistas salvaram ambos de um bombardeio criminoso.

Malena ressaltou que seu pai gostava de voar. Foi daí que pensei ser uma praça homenagem adequada a ele, já que elas costumam abrigar muitos pássaros, e estes também gostam de voar. De resto, só sei dizer que quando pedi a ela que me dissesse como era seu pai, ela teve um olhar que eu gostaria que vissem no rosto de minhas filhas, se a elas, um dia, perguntarem qualquer coisa sobre mim.

HISTÓRIA DE FAMÍLIA (1)

O professor, a viúva e a noiva

Gössweinstein

Em 1996, visitei a cidade de Gössweinstein, na região de Franken, no norte da província alemã da Baviera. É uma pequena estação de águas, numa região montanhosa, cheia de vales cobertos por florestas e atravessados por correntezas. Um pequeno castelo, que pode ser visitado, fica no alto de uma colina, sobre a cidade. Fui com um amigo, Albert, que, além de me acompanhar, era o intérprete da expedição. Fui até lá conhecer o lugar onde nascera meu avô, Sebastião Wolf, que por volta dos dez anos de idade emigrara para o Brasil com a família.

Conheci a casa onde ele nasceu e cresceu, uma pensão, que fora propriedade de minha bisavó, Clara Wolf, depois von Ihering. A casa, embora reformada, ampliada e hoje um hotel moderno, guarda semelhança com sua aparência antiga, a julgar pelas fotos existentes no arquivo municipal, que remontam ao fim do século XIX.

No arquivo, me inteirei de muitos fatos curiosos. A pensão fora fundada pelo pai de minha bisavó, de nome Andréas Belzer, que, quando faleceu a minha trisavó, casou-se com a cunhada, vinda de uma família chamada Schruffer. Ao lado da pensão ainda morava um Schruffer, que era então meu primo em enésimo grau. Nos vimos, nos abraçamos, tirei uma foto com ele. Minha bisavó casou-se com um rapaz vindo de Bamberg, Konrad Wolf, que fora fabricante de sabão. Ele reformou a pensão e, de acordo com os documentos do arquivo, deu-lhe uma notável melhoria ao instalar "uma terceira banheira". Gössweinstein é uma cidade de banhos, e o feito de Konrad foi registrado como sendo um notável acontecimento para o desenvolvimento do balneário. Isso foi pelo ano de 1868.

A pensão ainda guardava o original do termo municipal de concessão de licença para os serviços, em nome de meu bisavô, emitida naquele ano. Eu e Albrecht almoçamos na pensão, vez em que provei uma excelente cerveja com sabor de porco defumado: Rauchenbier, de Bamberg, terra natal do meu bisavô. Ao termo do almoço, me identifiquei perante os proprietários como bisneto do refundador da pensão e tataraneto do seu fundador. Foram muito gentis, me contaram como, depois de uma sucessão de vendas, a família veio a se tornar proprietária da pensão. E nada quiseram cobrar pelo almoço, que, aliás, fora de primeira qualidade. A família era constituída pelo dono, cujo pai ou avô adquirira a pensão antes da Segunda Guerra, a mulher e um casal de filhos. Tiramos fotos. Tempos depois meu amigo voltou à pensão e me contou que, ao entrar, ouviu o comentário da filha dos donos, que trabalhava como garçonete: "Pai, o amigo do tio Flávio está de volta".

A Prússia, a Baviera e a paixão fulminante

Em 1868, a Alemanha – país jovem comparado ao Brasil – não existia. A região era ocupada por um conglomerado de reinos, ducados e principados, dos quais a Prússia e a Baviera eram os mais fortes. A Itália estava em processo de formação, assim como a Suíça. A Polônia era apenas um ideal patriótico e a Grécia um jovem estado emergente. Prússia e Baviera tinham se oposto na guerra entre a primeira e a Áustria, cujo império era hegemônico num território hoje repartido entre treze ou mais países e que dominava a costa leste do mar Adriático. Prússia e Baviera guardavam ressentimentos profundos, uma vez que esta se aliara aos austríacos na guerra. Mas os bávaros tiveram seu exército destruído e seu poder ceifado na batalha decisiva, em 1866.

Esses ressentimentos perduram até hoje, ou pelo menos suas cicatrizes: se olharmos a bandeira e o brasão da Alemanha, mais os brasões e as bandeiras de suas províncias, notaremos que dentre todas, a bandeira da Baviera (azul e branco) é a única que não tem alguma cor representada no pendão nacional (preto e vermelho), e vice-versa. Em 1870, durante a guerra entre a Prússia e a França, que deu origem ao Império Alemão, proclamado em Versalhes, a Baviera apoiou a primeira, e seu rei, Ludwig II, exortou as demais futuras províncias a aceitarem a formação do império sob a hegemonia dos prussianos. Mas isso não apagou os mal-estares existentes, nem as diferenças seculares, entre o norte protestante e o sul (Baviera) católico, em que os romanos chegaram a estender as marcas de seu império.

Em 1869, nasceu meu avô, batizado Sebastian. Pouco depois, seu pai, Konrad, faleceu num hospital de Munique, por causa de uma pneumonia. Cheguei a ver seu atestado de óbito, na Cúria da capital bávara. A viúva, Maria Ana Clara, assumiu a pensão, e parece que com eficiência e prestígio. Numa certa ocasião, passou pela cidade o grande compositor Richard Wagner. Contou-me minha mãe Elsa que meu avô Sebastian, que andava pelos cinco anos, levou-lhe um buquê de flores em nome da cidade, quando da chegada e solene recepção. O compositor o teria posto no colo e lhe dado um beijo, coisa que sempre era relatada nos serões familiares com grande pompa e circunstância.

Quando meu avô andava pelos dez anos, passou pela cidade um renomado professor de ciências biológicas, também com formação de médico, que a essa altura lecionava na Universidade de Leipzig, ensinando zoologia, como Privatdozent. Chamava-se Hermann Friedrich Albrecht von Ihering, andava pelos trinta anos ou quase e era filho do renomado jurista alemão Caspar Rudolph Ritter von Ihering e de Ida Christina Frölich [von Ihering]. O dr. Hermann nascera em 1850, em Kiel, e a mãe morrera quando ele tinha dezessete anos. Minha bisavó era algo mais velha do que ele.

A paixão entre o professor e a viúva foi imediata e fulminante. E virou um escândalo. Quem primeiro me contou essa história foi minha mãe, que era a filha caçula de Sebastian, que virou o

Vô Sebastião, no Brasil. Na versão de minha mãe, o escândalo acontecera porque o dr. Hermann estava noivo de uma moça de família importante na Alemanha. Parecia que ela era sobrinha de Otto von Bismark, o que daria uma conotação política ao caso. Afinal, Otto von Bismark era o patriarca da Prússia e o verdadeiro fundador do Império Alemão. O próprio Kaiser devia lhe bater continência na intimidade. E minha bisavó era uma plebeia da Baviera, antiga inimiga da Prússia.

Fuga para o Brasil

O caso, de todo modo, foi tão grave que, segundo minha mãe, o jurista pai deserdou o filho professor e rompeu com ele. Minha bisavó vendeu a pensão e seguiu com o filho e o dr. Hermann para Leipzig, onde se casaram. Não sei se a essa altura o dr. Hermann já tinha planos de mudar-se para o Brasil, mas foi o que acabou acontecendo, em 1880. O Brasil catava cientistas por essa época, num movimento em grande parte estimulado pelo próprio Imperador Pedro II. Hermann e a nova família se estabeleceram no Rio Grande do Sul, vivendo em várias cidades. Nasceram mais dois filhos: Clara e Rudolph Theodor Wilhelm Caspar von Ihering, mais conhecido como Rodolfo von Ihering, que se tornou também um cientista de proa, sendo autor do *Dicionário dos animais do Brasil* e tido como o fundador da piscicultura no país. "Tio Rodolfo", como minha mãe o chamava, terminou sendo seu padrinho de casamento, e sua filha Dora tornou-se grande amiga dela.

Herrmann foi contratado pelo Museu Imperial como pesquisador viajante para documentar a flora e a fauna do Rio Grande do Sul. Ele, Clara e os filhos moraram em Taquara, em Guaíba, em Rio Grande, até se estabelecerem na foz de um dos rios que deságuam na Lagoa dos Patos (provavelmente o Camaquã), numa ilha. Esta ilha tornou-se conhecida como "a ilha do Doutor", devido à sua presença, numa estada que durou sete anos, e que foi retratada num livro de Rodolfo von Ihering para jovens, *Férias no Pontal*.

Pelo que depreende desse livro, a vida na "ilha do Doutor" foi um período algo idílico, ou que assim seria lembrado pelo futuro zoólogo e naturalista. Foi nessa vida no Rio Grande do Sul que o dr. Herrmann tomou uma iniciativa de grande importância para o futuro de seu enteado, Sebastian Wolf: ensinou-o a atirar com grande precisão, com armas de pequeno calibre. O motivo – hoje condenável sob os aspectos ambientais, se não outros, mas que na época era corrente – era o empalhamento de animais, sobretudo de aves, para coleções privadas e de museus. Era necessário atingi-las sem danificar-lhes o corpo. Felizmente, com o passar do tempo, meu futuro avô não se tornou um caçador, mas aplicou sua destreza em outra direção, como ainda se verá.

São Paulo e o Museu do Ipiranga

O "pequeno grande mundo" da "ilha do Doutor" foi abalado pelos acontecimentos políticos que se seguiram à proclamação da República. Conforme se vê em parte da correspondência do dr. Hermann que veio a público, a mudança de governo (a que ele não foi favorável, pelo menos do ponto de vista de suas consequências para o mundo científico) acabou provocando sua saída do Museu Nacional. A nova política deste passou a exigir que, a partir de 1891, seus funcionários residissem no Rio de Janeiro.

No entanto, em 1893, von Ihering foi convidado para assumir a seção de zoologia do recém-criado Museu Paulista (do Ipiranga), e, em 1894, assumiu a direção dessa instituição, cargo em que permaneceu até 1915. Grandes mudanças afetaram a vida de todos.

Em 1892, morrera-lhe o pai, em Götingen, na Alemanha. Segundo minha mãe, antes da morte do pai, o filho viajou à Europa, a pedido daquele, com ele se reconciliando. Ao mesmo tempo, o enteado já passara dos vinte. Ainda segundo ela, o relacionamento dos dois tornara-se difícil, ou sempre fora. Contou-me ela também que o padrasto sabia escrever, e muito bem, em português, mas falava essa língua com alguma dificuldade; meu futuro avô não escrevia, mas falava português com desenvoltura, e essa diferença era motivo para atritos bizarros entre os dois. Certa vez, meu avô falou com destreza sobre determinado assunto e terminou comentando que seu padrasto não poderia fazê-lo. Em contrapartida, o dr. Hermann mostrou-lhe ao final uma página em que tinha escrito o que meu avô falara e retrucou que este não poderia fazer o mesmo. Turras familiares... O fato é que quando os Ihering mudaram-se para São Paulo, meu avô deixou-se ficar em Porto Alegre. Aportuguesou o nome para Sebastião. Guardou o nome do pai, Wolf, que transmitiu aos filhos. Para sobreviver, abriu primeiro um açougue, depois uma "biscoutaria", a que chamou de "Americana", cuja placa de louça cheguei a ver. Embora fosse fluente em alemão, não ensinou nem fez ensinar uma única palavra dessa língua a seus sete filhos que sobreviveram à primeira infância (além de duas meninas que morreram logo depois de nascer): João Conrado, Clara, Luisa, Léo, Artur, Hermano e Elsa, minha mãe. Ensinou todos os homens a atirar. Consta também das histórias de família que, pelo menos no Rio Grande do Sul, foi quem batizou as bolachas "Maria" com esse nome, em homenagem à minha avó, que assim se chamava. E não se considerava propriamente alemão, de origem; segundo minha mãe, dizia-se bávaro. A ele retornaremos depois.

A questão indígena

Durante o tempo em que esteve à testa do Museu Paulista (reclamava em cartas que ficava "muito longe", "fora da cidade"), o dr. Hermann von Ihering deu notável impulso às ciências naturais. Correspondia-se com Emílio Goeldi, que vivia no Pará; com Fritz Muller, em Santa Catarina; com Florentino Ameghino, na Argentina; com diretores e professores dos principais museus do ramo, na Europa e nos Estados Unidos.

Von Ihering também envolveu-se em polêmicas amargas sobre a questão dos índios e da política indigenista no Brasil. Em 1907, publicou infeliz artigo na revista do Museu Paulista, em que considerava os índios irredutíveis como um empecilho ao progresso e usava a palavra maldita, "extermínio". Teve respostas candentes e variadas, inclusive de Cândido Rondon, que propugnava pela criação de um Serviço de Proteção aos Índios, o que acabou acontecendo, embora, na prática, em vários recantos do país eles continuassem a ser exterminados. Diante da veemência das críticas que recebeu, o dr. Hermann escreveu outros artigos, abrandando suas posições e tentando se explicar, usando até mesmo o argumento de que ele, na verdade, apenas expusera o que de fato se praticava.

Em fins do século XIX e começo do XX, a questão indígena era particularmente relevante nos sertões de Santa Catarina e de São Paulo, onde avançavam, respectivamente, a colonização alemã e as plantações de café. Por relações de amizade, tive acesso a relatos, por exemplo, de "bugreiros", como eram chamados os "caçadores de índios", que iam às vilas nessas regiões e compravam, entre a população pobre, roupas de crianças infectadas com gripe ou varíola. Depois, jogavam essas roupas nas vizinhanças de aldeamentos indígenas durante o inverno, estação muito fria em ambas as regiões, provocando mortandades em questão de semanas.

Deve-se notar inclusive que, já naquela época, a questão indígena brasileira era foco de intensos debates na Europa e em particular na Alemanha, tanto devido às correntes de imigração que vinham para o Brasil quanto por ser grande o número de americanistas (como eram chamados então) no Velho Mundo e também grande, relativamente, o número de cientistas alemães, dentre outros, que trabalhavam no Brasil, como Goeldi, von Ihering e Muller, e que desfrutavam de um grande renome nacional e internacional.

Apesar de seus esforços em contrário, apresentando até sugestões para o futuro estatuto do Serviço de Proteção aos Índios, criado sob inspiração de Rondon, essas polêmicas estigmatizaram von Ihering junto a vários setores da comunidade científica no Brasil, então embalada por balizas positivistas, de busca do progresso, mas também de "integração" da nação brasileira através, por exemplo, da educação.

Perda do cargo e volta para a Alemanha

Certamente, aquele estigma contribuiu para a perda de seu cargo de diretor do Museu Paulista, o que ocorreu em 1915. Houve também acusações (o que seria de se esperar nessas contendas) de improbidade administrativa, o que nunca se provou, tanto quanto pude pesquisar. E outro fator deve ter pesado: na Europa campeava a Primeira Guerra Mundial, opondo a França e a Alemanha. Entre a intelectualidade, as simpatias brasileiras pendiam mais para a França do que para o lado germânico. Em 1917 o Brasil chegou a declarar guerra à Alemanha, embora não enviasse tropas, como fez na Segunda Guerra. Hermann von Ihering tinha contra si o nome e a origem, embora tivesse se naturalizado brasileiro.

Durante alguns anos permaneceu em solo americano, trabalhando a convite no Chile, na Argentina e também no Brasil. Mas acabou retornando à Alemanha, onde se tornou professor honorário da Universidade de Giessen. Segundo minha mãe, nessa altura ele reencontrou sua prometida noiva, de antanho, e com ela se casou. Viveram felizes ainda alguns anos. Ele morreu no começo de 1930, na cidade de Büdingen, visitada por suas construções medievais, e ela algum tempo depois.

Como disse acima, minha mãe acreditava que essa primeira noiva e segunda esposa do dr. Hermann era aparentada ou protegida de Otto von Bismark. Nunca encontrei nenhuma referência documental quanto a isso. Parece-me que sempre há uma tendência a fixarmos as origens de um fato em algo que possamos considerar importante e a partir daí "montar" ou "remontar" uma narrativa. Em compensação, acabei encontrando referências de que essa moça, em 1880, e senhora, em 1920, chamava-se Meta Buff, e seria sobrinha-neta de ninguém mais ninguém menos do que Johann Wolfgang von Goethe. Imaginem ter Goethe na família, mesmo que de empréstimo! Para acalentar o caldo, a mãe de Goethe era descendente de Lucas Cranach, o Velho, pintor medievo da minha preferência, além de outras rebarbas.

Quem era Meta Buff?

Pus-me a pesquisar. Descobri ter Meta nascido em 1851, em Giessen (Hermann nascera em 1850, em Kiel). Mas constatei ser impossível que ela fosse sobrinha-neta de Goethe. Deste, apenas uma irmã chegara à idade adulta, Cornelia Friederike Christiana, casando-se com Johann Georg Schlosser. Era ela apenas quinze meses mais moça do que Goethe. O casamento foi seguidamente descrito como infeliz. O casal teve duas filhas, Maria Anne Luise (ou, segundo outra versão, Luise Maria Anne) e Catharina Elisabeth Julie. Catharina nunca se casou; Luise se casou com um Georg Heinrich Ludwig Nicolovius. A pobre mãe das duas ficou dois anos de cama depois do primeiro parto; e morreu com 27 anos incompletos, em 1777, poucos meses depois do segundo parto. Por aí o nome de Buff parecia não ter a possibilidade de ter raízes, uma vez que as práticas de transmissão do nome do pai (ainda mais sendo marido) à prole eram bastante rígidas.

Porém... encontrei a referência de que na juventude, ao ir para a cidade de Wetzlar, em 1772, Goethe se apaixonara perdidamente por Charlotte Sophie Henriette Buff, namorada de um amigo seu, e que esta Charlotte e seu envolvimento com ela seriam a base para a criação de Lotte, paixão do protagonista em *Os sofrimentos do jovem Werther*, publicado em 1774. Daí poderia vir o nome de Buff – mas como?

Charlotte Buff casou-se com Johann Christian Kestner, com quem teve numerosa descendência. Mas por aí se propagaria o nome de Kestner, não o de Buff. Tivera ela uma irmã, Karoline Buff, mas que se casou com um jurista, dr. Christian Dietz. Isso poderia sugerir uma aproximação com o pai do dr. Hermann, Rudolph. Mas, de todo modo, o nome propagado seria Dietz, não Buff. Acontece que Charlotte tinha também um irmão, Wilhelm Karl Ludwig Buff, de numerosa descendência. Nela encontrei o nome de Johann Heinrich Buff, que se tornou cientista de renome, e professor universitário em Giessen, onde Rudolph von Ihering também lecionou, antes de seguir para a Áustria.

Além disso, ambos tinham estudado em Göttingen e também andaram, em seus caminhos universitários, por Kassel. Assim, embora haja ainda lacunas documentais, desenhou-se para mim a história de um propósito paterno contrariado – o de Rudolph – de casar seu filho com a filha ou parente do colega de grande prestígio no meio que era também o do futuro de Hermann. Uma crise menos política, no sentido estrito da palavra, e mais feita de um confronto entre um pai zeloso de sua linhagem e algo autoritário da porta para dentro de casa, embora grande jurista liberal dali para fora, e um filho algo rebelde e voluntarioso.

A dinastia de juristas e a família Buff

Rudolph von Ihering provinha de uma família tradicional de juristas, teólogos, professores, cujas origens consegui traçar até um distante Konrad Ihering, ou Jhering, como também se escrevia o nome, nascido em 1414. Eram da região noroeste da futura Alemanha, perto da hoje Holanda. A partir do século XVI firma-se na família a tradição do estudo das leis e a proeminência nos meios intelectuais e universitários, bem como na função pública. Em meados do século XVIII, o bisavô de Rudolph, Sebastian Eberhard Jhering, deu nome a um cantão daqueles lados, "Jheringsfehn", de modo semelhante ao que aconteceria com "a ilha do Doutor" na Lagoa dos Patos, quase século e meio depois. Rudolph von Ihering estudou nas principais universidades alemãs, inclusive em Heidelberg, formou-se em Berlim, tornou-se a principal autoridade em direito romano de seu tempo na Europa e o campeão de um conceito liberal de leis e direito. Numa de suas citações mais reiteradas, diz:

> O fim do Direito é a paz; o meio de atingi-lo, a luta. O Direito não é uma simples ideia, é força viva. Por isso a justiça sustenta, em uma das mãos, a balança, com que pesa o Direito, enquanto na outra segura a espada, por meio da qual se defende. A espada sem a balança é a força bruta, a balança sem a espada é a impotência do Direito. Uma

completa a outra. O verdadeiro Estado de Direito só pode existir quando a justiça brandir a espada com a mesma habilidade com que manipula a balança.

Lecionou por quase uma década em Viena, onde conviveu com a Corte, e recebeu um título hereditário de nobreza dado pelo Kaiser Franz Joseph I. Por seu lado, embora com menos alcance, a família Buff também se distinguira na função pública e no campo jurídico, em Crainfeld, na região de Hessen, inclusive por um Johann Paul Buff, tio avô da Charlotte Buff, aquela que encantou o jovem Goethe e o fez sofrer da paixão depois transposta para o jovem Werther imaginário.

Entre o pai e a viúva

Não disponho (ainda) de dados documentais sobre a ligação entre Meta e o cientista de Giessen. Mas os indícios acima descritos balizam e emolduram a imaginação no sentido de desenhar o desespero do liberal mas austero pai ao ver o destino do filho escapar-lhe das mãos por causa de uma viúva, mãe de um filho de dez anos ou quase e, do ponto de vista genealógico ou de brilho intelectual, sem eira nem beira que não fossem as da casa de pensão que herdara do pai e da morte do primeiro marido.

O filho do jurista, este, ficou feliz. Pude imaginar tal sentimento ao ver uma foto sua e da primeira esposa, minha bisavó, na casa de uma prima minha. Tirada no Rio de Janeiro, a foto mostra o casal, vestido algo a rigor, mas em meio a uma exuberante floresta subtropical, com samambaias, palmas, árvores e mais arbustos ao seu redor. O casal não está no meio de um caminho; está literalmente no meio do mato, numa encosta elevada. O mato, por sua vez, é suficientemente denso para impressionar quem olha, mas ao mesmo tempo não tão indisciplinado a ponto de obliterar o casal. A foto é de um erotismo sutil e exemplar, pondo em glórias o que deve ter unido, em primeiro lugar, aquele par.

Mas fico também a imaginar os sentimentos do dr. Hermann, retornando à sua pátria de origem, e encontrando a noiva de antanho, que não devia ser destituída de dotes, nem que seja o da fidelidade ao amor que o jovem professor lhe despertara, mais de quarenta anos antes.

Quanto a Meta Buff, ela podia sim, de certo modo, ser considerada uma "sobrinha-neta" de Goethe, mas do ponto de vista literário.

O destino de Sebastião

Para encerrar este primeiro relato de uma história familiar, devo fazer algumas referências ainda a meu avô, Sebastião, que ficara em Porto Alegre. Não o conheci; ele morreu em 1936, e eu nasci onze anos depois. Pelas fotos, vê-se que era gordo, tinha ar bonachão, e parecia feliz. Casou-se com Maria Berta, nascida e criada na Argentina, filha de um imigrante ou descendente de imigrantes italianos e de mãe de ascendência indígena (provavelmente guarani ou charrua), nascida no Uruguai, segundo minha mãe. Obtive notável evidência dessa ascendência indígena ao perguntar à minha tia Luisa se de fato isso era verdade: o vigoroso e horrorizado "nãããããão" com que me respondeu foi decisivo para me convencer de que, sim, era verdade. De resto, as fotos da "Vó Maria", com o cabelo corrido, negro e grisalho, preso por um severo coque, mais a evidente cor bronzeada de sua pele e os olhos amendoados, são indícios eloquentes.

Sebastião Wolf exerceu suas habilidades com as armas no esporte. Foi campeão de tiro com pistola ou fuzil no Rio Grande do Sul e no Brasil. Participou da equipe de atiradores brasileiros que foram aos jogos olímpicos da Antuérpia, na Bélgica, em 1920. Dessa sua viagem minha mãe guardou e eu guardei até o começo do século XXI, quando ela deu de si, uma cadeira preguiçosa (ou espreguiçadeira), que ele trouxera da Europa para o Brasil. Nessa competição a equipe de atiradores ganhou as primeiras medalhas olímpicas para o Brasil. Sebastião Wolf foi um dos ganhadores da medalha de bronze em tiro de pistola a 50 metros, categoria por equipe. Tenho também o original de uma foto sua em Berlim, diante do Reichstag, cidade hoje onde, por coincidência ou destino, eu vivo.

À parte essas histórias, guardei sobre ele outras, que minha mãe me contou. Numa delas ela referiu-me a cena de seu pai, com um cachimbo de leitura à boca (aqueles recurvos), fechando um livro, enquanto dizia: "esse homem é um louco". O livro era *Mein Kampf*, de Adolf Hitler. Numa outra ela contou-me que uma de minhas tias, casada com um de seus irmãos, foi futricar com o sogro que ela (Elsa, minha mãe) "estava namorando com o filho de um mulato", filho este que veio a ser meu pai. "Ora, Bela", foi a lacônica resposta, "aqui é o Brasil".

HISTÓRIA DE FAMÍLIA (2)

A carreta e o circo de cavalinhos

O "filho do mulato" e o nome "Aguiar"

O "filho do mulato" da história anterior chamava-se Nilo, era meu pai, e tinha o apelido de Nenito, assim mesmo, espanholado. Nasceu em 30 de dezembro de 1913, quando sua mãe, minha avó Henriqueta, ia dos 15 para os 16 anos, mais ou menos. Ela nascera e crescera naquela cidade de fronteira que atende por dois nomes: Rivera, do lado uruguaio, e Santana do Livramento, do lado brasileiro, ambas separadas ou unidas por uma praça cortada pela faixa divisória. Naquele tempo não havia registro civil, só atestado de batismo, e as crianças eram por vezes batizadas meses ou anos depois do nascimento. Meu pai, por exemplo, só foi batizado em 3 de março de 1914. A certidão de batismo de minha avó era de 1898.

O mulato em questão era meu avô Arlindo Ferreira de Aguiar. A mãe dele, que não cheguei a conhecer, chamava-se Leonor, e era cafuza, isto é, descendente de pai negro e mãe índia. O pai era um português, emigrado de Trás-os-Montes, que lhe deu o sobrenome: Ferreira de Aguiar. Ainda não consegui descobrir a identidade completa desse meu bisavô. Sei que veio daquela região bem ao norte de Portugal, região pobre, de onde houve muita emigração para o Brasil e alhures. É provável que viesse da região da Vila Pouca de Aguiar, ou dos arredores, onde houve um conglomerado de famílias com o nome de "Ferreira de

Aguiar". Descobri que no século XVII, pelo menos, houve um casamento nessa vila entre uma Maria Gomes Ferreira e um Antonio Martins de Aguiar, que morreu em 1681, deixando filhos, entre eles um padre. O nome "Ferreira" é bem antigo na região, advindo das minas de minérios diversos, entre eles o ferro e o chumbo, explorados desde os tempos da ocupação romana. O nome Aguiar tem origem celta, designando "o lugar das águias", ao que parece devido ao acúmulo dessas aves que havia nas escarpas alcantiladas na região. Já no século X há referências a um "Castelo de Aguiar", foco de disputa entre mouros e cristãos, considerado estratégico graças à sua localização no alto de um pico rochoso. Ali houve algumas batalhas durante o período de formação de Portugal, sendo a primeira de que se tem referência a do ano 995 da era cristã, quando os mouros tomaram a fortificação. Mas certamente, pelo andar da carruagem, a perderam depois. Hoje o castelo está em ruínas e pertence ao patrimônio nacional português.

A região dos Aguiar

A região é pródiga, em matéria do nome Aguiar. Há um vale do Aguiar, próximo ao Castelo. Mais para o sul existe um afluente do Douro chamado Ribeira do Aguiar e, perto, um convento do século XIII, o de Santa Maria do Aguiar. Há controvérsias sobre as origens e as relações entre os nomes Aguiar, de Portugal, e Aguilar, da Espanha. Passavam os assim nomeados de um lado para o outro das fronteiras entre condados e reinos, pois Portugal estava em formação e a Espanha nem sequer existia. Parece que houve sim uma família nobre de importância na região com aquele nome, Aguiar, que por desavenças com a casa real ainda nos começos do país passou-se à Espanha, adotando ou aderindo ao nome Aguilar. Alguns membros dessa família retornaram a Portugal, reassumindo o nome velho. Mas isso não me candidata a qualquer reminiscência de nobreza, tão comum é o nome. Meu espírito plebeu prefere pensar que, se nobreza há, é porque algum filho de nobre se engraçou com alguma doméstica ou jovem aldeã, e que o rebento resultante, para evitar problemas, foi despachado para o Brasil, indo parar no Rio Grande do Sul (sei que existe uma grande família Ferreira de Aguiar em Minas Gerais). O certo, até o momento, é que um Ferreira de Aguiar, nos idos do século XIX, vindo de Trás-os-Montes, ou descendente de gente de lá vinda, casou-se com a cafuza "Vó ou dona Leonor", como era chamada, e que em 1888 nasceu meu avô Arlindo.

O "pedaço de homem"

O pai morreu-lhe quando ainda era criança. E dona Leonor casou-se de novo, com um negro, Joaquim Silva, que perfilhou meu avô, e por quem ele sempre tinha profundo respeito, segundo meu pai, embora depois de adulto preferisse guardar o sobrenome do pai natural.

A julgar pelas fotos dele, seus pais eram gente bonita. Arlindo era um "pedaço de homem", como se dizia. Alto, elegante, usava chapéu de palhinha, daqueles redondos de copa chata, tomava chope com amigos no Mercado Público e em outros bares frequentados pela sociedade (como então se dizia) de Porto Alegre, como o Bar Hubertus e o Chalé da Praça XV. Tendo começado a trabalhar como caixeiro-viajante, tornou-se um dos principais vendedores do Varejo Bromberg, na Rua da Praia, que foi depredado e saqueado quando o Brasil declarou guerra à Alemanha, em 1942. Dos primeiros tempos tenho uma foto dele em pé, sobre as ruínas da igreja missioneira de São Nicolau, de mais ou menos 1920. Mais de sessenta anos depois, consegui tirar uma foto minha no mesmo lugar.

Vô Arlindo era um "homem distinto", em meio àquela Porto Alegre que se urbanizava rapidamente. Morreu quando eu tinha três anos e meio de idade, em 1950. Ainda assim, tenho uma imagem fugidia dele em minha memória, sentado ao lado de um aparelho de rádio (que era enorme), ouvindo uma ópera transmitida em ondas curtas desde o Teatro Cólon, de Buenos Aires.

Impunha respeito: embora ambos vivessem na mesma casa quase a vida inteira, mesmo depois que meu pai se casou, este jamais fumou na presença do meu avô. E considere o leitor ou a leitora que meu pai fumava três maços de cigarro por dia. Certamente foi com todo aquele belo porte, que ele nunca perdeu, mesmo quando "envelheceu" (morreu com 62 anos! E ninguém estranhou isso, naquela época), que ele conquistou minha avó, passeando defronte sua janela, como ela me contou. Como meu pai nasceu em 30 de dezembro de 1913, e era costume as mulheres engravidarem logo depois de casadas, o casamento deve ter se realizado em 1913 mesmo, com meu avô tendo então 25 anos. Do parto de meu pai, ou algo assim, minha avó herdou uma hérnia que nunca deixou operar e que a impediu, segundo consta, de ter mais filhos.

O casamento de minha avó, tão precoce para nós hoje, deve ter sido um alívio para minha bisavó, que se chamava Adelaide e que ainda conheci, velhinha e encurvada, com o apelido de Vó Bisa. Mas nas fotos de quando mais moça, embora já de idade, aparecia uma mulher alta, forte, de olhar altivo. Ela viera sozinha – pois o marido morrera – de Rivera para Porto Alegre, com cinco filhas mulheres, três das quais conheci mais pelos apelidos do que pelos nomes: Chata (até hoje não sei o porquê do apelido, porque ela era gorda e nada chata, muito pelo contrário, era bastante divertida), China e Nenita. As outras duas eram Maria, a mais velha, e Henriqueta, minha avó, que na escala era a segunda ou a terceira. A Vó Bisa morava na casa da Tia Chata, e eu a via quando das festas de aniversário das primas de meu pai.

Tiroteios no Areal

Adelaide era descendente de imigrantes italianos. Casou-se com um imigrante alemão de sobrenome (é quase tudo o que dele sei) Heilbronner. Viveram durante muito tempo entre Santana e Rivera. Afinal, como contou minha avó, estabeleceram-se em Rivera, onde seu pai tinha um armazém. Deve-se lembrar que, naquele tempo, "armazém" era uma designação genérica para uma casa onde se vendia de tudo um pouco. Minha avó contava que os momentos mais emocionantes eram aqueles em que se dizia/ouvia à boca pequena: "hoje vem contrabando pelo Areal", que era um lugar ermo naquela época. Ou o contrabando podia ir, também, dependendo dos valores das moedas de um e do outro lado da fronteira. Todos dormiam então embaixo das camas, porque às vezes as patrulhas de fronteira surpreendiam os contrabandistas, profissão então admirada, e os tiroteios eram inevitáveis, nas madrugadas frias da região. Esses e outros acontecimentos eram rememorados sempre que minha avó recebia a visita de sua conterrânea, a Tia Pitilica, uma senhora negra de cabelos encaracolados e completamente brancos. As duas ficavam charlando (como se diz em gauchês) horas e horas na cozinha, num linguajar muito lá delas e da fronteira, que hoje tem até estatuto linguístico próprio, mas que na época a gente dizia que era um embrulho de português e espanhol mal falados.

Santana e Rivera formavam a fronteira mais fácil do Brasil. Ainda nos tempos da ditadura de 1964 era um dos caminhos preferidos para as fugas do país. Tendo os contatos e as senhas, não era muito difícil para alguém perseguido jantar numa churrascaria no Brasil e tomar o café da manhã numa casa ou pensão do outro lado da rua e da fronteira, e depois tomar rumo: Montevidéu, Chile (enquanto dava), Europa.

Maragatos e pica-paus

Na passagem do século XIX para o XX aquela fronteira era mais permeável ainda. E como o Rio Grande do Sul vivia dividido entre pica-paus e maragatos, com o predomínio daqueles e de seus lenços brancos, os de lenço vermelho viviam se refugiando ou definitivamente refugiados no Uruguai, e Rivera era uma estância de preferência. A comunidade de maragatos brasileiros refugiados na cidade era considerável, e de lá continuavam atuando, escrevendo, incomodando os pica-paus vitoriosos da Revolução de 1893-1895.

136 Crônicas do mundo ao revés

Maragatos, pica-paus: quem não entende o significado dessas palavras não entende o significado de metade da história do Rio Grande, nem mesmo do país.

Formou-se entre nós, seja pela lenda da "índole pacífica de nosso povo", seja crença iconoclasta na frase atribuída a De Gaulle, "*ce n'est pas un pays serieux*" – "não é um país sério" –, a versão de que a passagem do império para a república não fora senão uma troca de tabuletas na frente de uma confeitaria, como na imagem imortalizada no *Esaú e Jacó*, de Machado de Assis. Isso pode ter sido verdade para o ato da proclamação: o Brasil ali trocou de regime como um militar troca de farda e o padre de batina. O poder não trocou de classe, mas de mãos; oligarquias nem subiram nem desceram, pelo menos de começo; mas os personagens no poder mudaram, e com eles o estilo de dominação. Primeiro porque o traço militar tornou-se mais proeminente. Segundo porque nem sempre foi possível, na nova circunstância, manter a repartição de poderes e de áreas de influência tradicionais no império. Essa passagem foi a responsável direta por três das mais sangrentas e sanguinárias guerras civis do Brasil e da América Latina: a Revolução Federalista, a Revolta da Armada e a Guerra de Canudos. A primeira deixou sequelas, lealdades e ódios sem-fim, repetindo-se ainda em 1923, quando maragatos, ou federalistas, e pica-paus, ou republicanos, voltaram a se enfrentar. Não há família antiga no Rio Grande cujo passado não passe por essa confrontação.

Inicialmente, a rivalidade pode ter tido claros contornos políticos e de perspectiva: os pica-paus eram mais urbanos, muitos de seus líderes vinham de setores médios da população, se propunham a ser mais modernos, enquanto os maragatos eram mais ligados aos estancieiros da campanha sulina. Mas, depois, com a prática das *vendettas* e das degolas, as lealdades familiares passaram ao primeiro plano também. Rico, remediado ou pobre, nascia-se, morria-se e deixava-se descendência num campo ou no outro, sem quartel. Um primo de minha mãe, do lado dos Berta (de minha avó Maria), foi degolado pelos pica-paus na Revolução de 1923. Isso e o que aconteceu a meu bisavô Heilbronner, mais do que qualquer outra coisa, selaram minha pertença ao lado maragato, por mais que eu abomine aquelas lutas e carnificinas entre oligarquias.

Em geral os imigrantes não se filiavam ostensivamente a um lado ou outro, entre maragatos e pica-paus. Nas colônias serranas, que na dobrada do século iam se urbanizando com rapidez, predominava um certo pendor para os pica-paus, mais abertos às modernizações que galopavam pelo estado, ou serpentavam com as linhas de trem que iam devassando as paragens antes visitadas tão somente pelas carretas rangedoras.

O fim do armazém

Não sei até hoje por que o meu bisavô Heilbronner se ligou aos maragatos de Rivera. Talvez nem tenha se ligado; foi ligado a eles. Não raro, nessas desavenças que por vezes atravessavam a tênue fronteira entre Santana e Rivera, não havia neutralidades a respeitar. O simples fato de se comerciar ostensivamente com gente de um dos lados, por exemplo, equivalia à assinatura de uma ficha de inscrição partidária hoje em dia.

Uma dessas desavenças, em 1903, desandou numa espécie de *pogrom* antimaragatos em Rivera. Um bando de pica-paus armados invadiu o lado uruguaio da cidade e promoveu um quebra-quebra, com tiroteios e perseguições aos desafetos exilados. Tinham o apoio de algumas guarnições militares brasileiras que vigiavam a fronteira, e também dos membros do Partido Nacional (chamados de "Blancos", por oposição aos "Colorados"), que detinham a intendência (prefeitura) de Rivera. Ideologicamente, deveria haver mais afinidades entre os pica-paus brasileiros e os colorados uruguaios, pois ambos os partidos tinham uma sólida base positivista e urbana, enquanto os maragatos e os blancos tinham forte presença de estancieiros em ambos os lados da fronteira. Mas nessa linha divisória e em seu entorno, pelo menos, as coisas eram mais complexas. Talvez por necessidade de boa vizinhança, os pica-paus da região, inclusive as guarnições militares, cortejavam os blancos do outro lado, e vice-versa. Os maragatos, que também não poupavam críticas aos blancos de Rivera, tinham dois jornais, que foram o alvo preferido da *razzia*. Houve tiroteio, depredações, mortos e feridos, alguns degolados depois de presos. Provavelmente foi nessa ocasião, em março de 1903, quando ela iria completar cinco anos, que ocorreram fatos decisivos para empurrar minha avó e sua família em direção a Porto Alegre.

Meu bisavô Heilbronner teve o armazém invadido pelos pica-paus, talvez por blancos também. Minha avó era bem criança, mas já tinha memória para guardar o que viu. Contou-me ela que os invasores quebraram e saquearam tudo e todo o armazém. Não satisfeitos, fizeram as meninas virem à presença do pai, e disseram-lhe: "agradece, alemão de merda, é por causa destas meninas que te deixamos vivo". A frase ficou inesquecível, nos ouvidos de minha avó e nos meus.

Nesse cenário conturbado de *vendettas* e *contravendettas* de todos os lados, meu bisavô entendeu o recado que lhe davam os salteadores que "o deixavam vivo". Resolveu abandonar tudo e fugir com a família de tão grave que deve ter sido a ameaça percebida. Algum tempo depois, já no inverno, que eles saíram de carreta em direção à vizinha – naquele tempo distante – cidade de Dom Pedrito.

A narração – curta, é verdade – que minha avó me fez dessa viagem se revestia de passagens épicas e trágicas. Dela ouvi, pela primeira vez, a expressão "cortar a cerração", descrevendo a carreta percorrendo as espessas neblinas do amanhecer. De outros momentos, ficou-me a imagem das noites estreladas dormidas sob a carreta e das manhãs em que ela se levantava para quebrar a geada que tinha se acumulado, espessa, sobre as mantas, ponchos e cobertores debaixo dos quais a família dormia.

O circo de cavalinhos

Nunca consegui que ela me contasse exatamente quantos dias e noites durou a viagem. Mas seu custo foi uma eternidade. Meu bisavô Heilbronner morreu no caminho, de pneumonia.

E assim minha Vó Bisa chegou a Dom Pedrito, só e com cinco filhas pequenas. E decidiu seguir viagem para Porto Alegre, onde tinha parentes.

Vó Bisa rumou primeiro para Rio Pardo, às margens do Rio Jacuí. Lá chegada, rumou com as meninas para Porto Alegre, pelo rio, de barco. Dessa viagem minha avó menina deixou-me uma das imagens mais notáveis de minha vida. Disse-me ela que, ao chegar ao cais de Porto Alegre, viu tantos mastros que "a cidade parecia um circo de cavalinhos". Essa expressão, para um circo, morreu com o tempo. A imagem não. Ficou-me na retina imaginária a visão daquela menina que perdera o pai depois de uma barbárie, a ver os mastros dos veleiros e navios como a esperança de uma outra vida que lhe renovasse as alegrias. Foi a primeira vez em que me dei conta de que uma imagem tão bonita podia ser o fecho de uma história tão violenta.

HISTÓRIA DE FAMÍLIA (3)

Sobre os antepassados índios ou negros de meus avós e bisavós nada sei. Provavelmente nunca saberei. Mas me lembro de uma tia-avó negra, tia Cecília, meia-irmã de meu avô Arlindo, que em nossa casa sentava-se à mesa, ao lado de meu pai. E eu, criança, me perguntava: mas o lugar das negras não era na cozinha? Bendito desalinho da mesa de meu pai.

Por isso, quando eu dava aulas de literatura brasileira na Universidade de São Paulo, dizia para meus alunos que, para se estudar a história e a literatura de nosso continente e de nossos países e pagos, a primeira coisa a fazer era se munir de um rádio-telescópio imaginário. Devíamos voltá-lo para o passado e ouvir o silêncio das histórias e das línguas desaparecidas para que viéssemos a existir.

Página seguinte
Gustav Klimt, estudo para a pintura "Wasserschlangen I" (s/d)

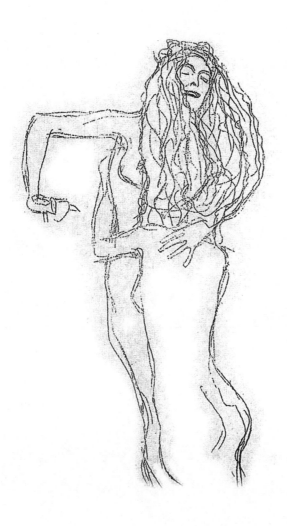

ESTE LIVRO FOI COM-
POSTO EM ADOBE GA-
RAMOND 11,5 E IMPRESSO
EM PAPEL PÓLEN SOFT
80 G/M² PELA SUMAGO
GRÁFICA EDITORIAL,
EM MARÇO DE 2011,
COM TIRAGEM DE 1.500
EXEMPLARES.